Cirinna Howe

Das Innere Ich in Indien

Bibliografische Information der Deutschen
Nationalbibliothek:
Die Deutsche Nationalbibliothek verzeichnet diese
Publikation in der Deutschen Nationalbibliografie;
detaillierte bibliografische Daten sind im Internet über
http://dnb.dnb.de abrufbar.

Herstellung und Verlag: BoD – Books on Demand,
Norderstedt

ISBN: 978-3-7568-2908-8

Vorwort

Indien. Vier Jahre. Laut, chaotisch, bunt, dreckig. So ist Bangalore halt. So ist Indien insgesamt.

Aber eben nicht nur. Wir haben es auch ganz charmant und liebenswert erlebt, abenteuerlich und wunderschön.

Als Expat ins Ausland zu ziehen, um dort mehrere Jahre zu leben heißt vor allem, sich einzulassen und zu lernen.

Wir sind nur Gast in diesem Land und es ist nicht unsere Aufgabe, einen fremden Kulturkreis zu erziehen oder ihnen unsere Sichtweise aufzudrücken.

(Das Innere Ich ist ziemlich englisch gekleidet und hat irgendwie Eroberer-Züge in seiner Gestik, während es ruft: „Das haben schon Andere versucht und es ist irgendwie schief gegangen!")

Was wir aber dürfen: Erlebnisse, Abenteuer und Situationen aufnehmen, reflektieren und schmunzeln, bis die Mundwinkel die Ohrläppchen berühren!

Gerade im Ausland ist es ganz wichtig, nicht alle Dinge (und vor allem uns selber) nicht so wichtig zu nehmen.

Das Leben muss nicht perfekt sein – wir sind schließlich auch nicht perfekt. Das Leben möchte nur eines: Gelebt werden!

Holz vor der Hütte

Diese Woche beschäftige ich mich mal etwas eingehender mit der Fauna in unserer Gegend. Ich hatte ja schon mal bemerkt, dass es in Oak-Ville nicht eine Eiche gibt. Aber dafür stehen wunderschöne Strelizien (Paradiesvogelblume) überall im Compound herum, für die man in Deutschland ein Vermögen bezahlt. Auch verschiedene Palmenarten und viele, viele Bäume und Büsche mit vielen, vielen Blüten (wenn unser Gärtner nicht wieder seiner Sägelust frönt).

Ich saß also gestern auf den neuen Terrassenmöbeln neben unserem Pool, eine kalte Cola neben mir und las in einem Buch von Helmut Schmidt „Was ich noch sagen wollte". Nun ist das eines der Bücher, die man nicht „in einem Schwung" weg liest, sondern immer wieder mal die Seiten zuklappt und über das nachdenkt, was man gerade erfahren hat. Manchmal stand ich dabei auch auf und ging ein paar Schritte am Pool entlang.

Und plötzlich erblickte ich direkt hinter der Mauer in dem kleinen Wäldchen neben unserem Compound eine Pflanze, die ich dort nicht erwartet hätte.

Das Innere Ich hatte bis dahin dösend in einer Eichengabel geschnarcht und rieb sich irritiert die Augen.

Die handgroßen, fragilen Blätter, die sich wie fünf Finger vom Blattkern in verschiedene Richtungen erstreckten, sind ja nun wirklich Jedem bekannt.

„Lieber Gott, lass es eine weibliche Pflanze sein!" Flüsterte das Innere Ich inbrünstig.

„Bist du bekloppt? Dann können wir uns hier vor Feriengästen nicht mehr retten!" Wehrte ich entsetzt ab.

Die Vorstellung von Hasch-Tourismus ist nicht ganz angenehm. Das Innere ich zog eine Augenbraue in die Höhe und meinte spöttisch: „Du kennst doch überhaupt Niemanden, der das Zeug rauchen würde."

Da hat es allerdings Recht... „Aber ich kenne dich! Und ich möchte so ein Zeug mal ganz und gar nicht rauchen!"

„Gebongt." Meinte es Achselzuckend. „Aber wenn das hier überall wild wächst, dann könnte das einer der Gründe sein, warum die Menschen in Indien immer so entspannt sind."

„Du meinst, in all ihrem Dreck und der Tristesse der Armut möchten sie zwischendurch mal ein paar bunte Bilder sehen?"

„Warum nicht, wär ja mal `ne Art von Depressionsprophylaxe und Realitätsflucht." Sinnierte es.

Ich mochte aber gar nicht daran denken und sagte bestimmt: „Oder es sind einfach alles nur männliche Pflanzen und die kann man zwar rauchen, wird davon aber nicht high."

Das Innere Ich lachte und meint abschließend: „Wir haben auf jeden Fall ein sehr interessantes Holz vor der Hütte!"

Blütenmeer

Hinter unserem Pool steht ein graziler Baum mit wunderschönen roten Blüten. Als wir hier einzogen, war er voller Knospen und vor zwei Wochen leuchtete die Krone feuerrot auf unsere Terasse.Das Innere Ich schwimmt in einem Meer aus Blütenblättern und irgendwie sieht es ein bisschen so aus wie das Filmplakat von „American Beauty"...

Ja, ab und an fiel eine Blüte auch mal in den Pool, das macht aber nichts. Zum einen, weil es einfach schön aussieht und die Blüten ja nicht gefährlich sind, zum Anderen kommt eh jeden Morgen der Poolboy und fischt die heruntergefallenen Blätter und Äste heraus.

Ich jedenfalls habe dieses Farbenspiel sehr genossen.

Eines Tages hatte sich der Poolboy angeregt mit dem Gärtner unterhalten, was ich nicht besorgniserregend fand. Aber als ich vom Einkaufen heim kam, hatte der Gärtner die Äste mit den Blüten kurzerhand abgesägt. Das Innere Ich stand mit offenem Mund da und konnte es nicht fassen.

Jetzt steht im Garten eine Holzstange, welche oben einige Äste in die Höhe streckt. Sieht ein bisschen aus, wie eine Gabel, bei der die Zacken verbogen wurden... Dabei waren noch lange nicht alle Knospen aufgegangen!

„Das waren dem Poolboy wohl zu viele Blüten im Wasser." Vermutet das Innere Ich. Das ist so typisch Indien: Blinder Aktionismus ohne Sinn und Verstand.

Ausgeputzt!

Dass meine Putzhilfe nicht das hellste Licht am Leuchter ist, das habe ich ja schon öfter festgestellt. Wenn ich ihr zum Beispiel sage: „Bitte mach den Raum neben der Küche auch sauber." Da steht ein Feuerlöscher, der vermutlich noch nie abgewischt wurde und der jetzt mit einer dicken, schmierigen Dreckschicht erstrahlt. Statt nun also das Ding mal abzuwischen, wischt sie um den Löscher herum ohne ihn überhaupt mal anzufassen...

Oder die Bitte, doch oben die kleinen Balkone auch mal sauber zu machen. Da schaute mich die Gute an und fragte allen Ernstes: „Wie soll ich denn da rauf kommen?"

Das Innere Ich klatschte sich mit der flachen Hand vor die Stirn und ich antwortete gefasst: „Durch die Tür."

Das klappte dann zum Teil auch, leider ist das Ergebnis nicht recht beglückend, wenn man zuerst den Boden wischt und mit demselben Schwamm (natürlich nicht ausgespült) dann die Fenster abwischt...

Generell ist der Grund, warum man erst Tische und Schränke abwischen und erst danach den Boden saugen sollte irgendwie nicht angekommen, denn sie fängt immer erst mit dem Saugen an, bis ich sie nach ein paar Minuten erinnern muss, von oben nach unten zu arbeiten...

Letzte Woche habe ich zufällig gesehen, dass sie zwar die Toiletten nach ihrer Wasserexplosion im Bad trocken rieb – allerdings benutzte sie dafür meine Küchenhandtücher, mit denen ich das Geschirr abtrockne! Ich habe sie erst mal alle gekocht...

Man muss sie also ständig und bei jeder Tätigkeit kontrollieren, wenn man eine gescheite Arbeit haben möchte. Aber immerhin war sie immer pünktlich, das muss man auch mal erwähnen. Und das Innere Ich hatte jedes Mal seinen Spaß mit ihr.

„Das macht sie doch mit Absicht!" Sagte es öfter. „Die stellt sich extra dumm, damit sie die Arbeit nicht machen muss!" Allerdings hat ihr das (wenn es so gewesen sein sollte) nichts genutzt, denn ich habe ihr einfach die Arbeitsschritte nochmal gezeigt und es sie dann noch einmal tun lassen.

Heute hat sie allerdings den Bogen überspannt. Da heute Zahltag war, habe ich den monatlichen Betrag in einem Briefumschlag übergeben. Letzten Monat hatte sie das gesamte Geld für Oktober bereits am 15. gewollt und bekommen. Quasi einen halben Monat Geld im Voraus. Und prompt kam sie in der letzten Oktoberwoche nicht, weil (angeblich) ihr Vater verstorben war. Inzwischen wissen wir von anderen Expats, dass das ein beliebter Grund unter Putzfeen ist, um bezahlt ein paar Tage frei zu bekommen. Denn irgendwie haben deren Familien offensichtlich in der Regel keine hohe Lebenserwartung und sterben gern auch zweimal. Ist bei unserer Nachbarin passiert, da ist die Mutter im Frühjahr verstorben und im Herbst noch einmal!

Nunja, jedenfalls habe ich ihr vorhin den Briefumschlag mit dem Geld überreicht und da sagt sie mir ins Gesicht: „Du musst mich aber noch für den letzten Monat bezahlen."

Ich erinnerte sie daran, dass sie im letzten Monat das Geld am 15. bekommen habe und ich ihr sogar noch einen Zettel unterschreiben musste, den sie den Guards vorzeigen musste, um mit dem Geld den Compound zu verlassen. Da schüttelte sie dreist den Kopf und sagt: „Nein, du hast mich nicht bezahlt!"

„Nujö," bemerkt das Innere Ich und beginnt gleichzeitig innerlich zu kochen, dass ihm der Wasserdampf aus den Ohren zischt, „nach dem Motto `man kanns ja mal versuchen`?"

Als ob ich meine Angestellten nicht bezahlen würde!!! Das war denn doch der Dreistigkeit zu viel und ab heute darf sie sich einen anderen Arbeitgeber suchen.

Nur mal zum Verständnis: Sie kam zu mir 6 Stunden in der Woche und bekam im Monat 17.000 Rupien. Die Putzfeen der anderen Expats sind jeden Tag 8 Stunden in den Familien und bekommen 12.000 – 15.000 Rupien im Monat. Dabei musste meine weder die Wäsche machen, noch kochen, noch einkaufen oder bügeln. Nur putzen! Wer den Job bei mir mit so einer Nummer versemmelt, der muss schon ziemlich blöde sein…

Das Haus der Pubertiere

Heute kommen die nächsten Gäste. Die Familie mit drei Kindern haben wir in Russland kennen gelernt, sie wohnten 50 m von uns entfernt und unsere Jungen gingen in dieselbe Klasse. Seit dem sind sie beste Freunde. Jakobs Kumpel kommt in den Sommerferien immer mit auf die Wissensreise, so treffen sie sich einmal im Jahr und lernen nebenbei noch etwas über ihr Heimatland, in welchem sie (wenn überhaupt) nur sehr kurz gelebt haben.

Das Leben in verschiedenen Ländern hat viele Vorteile für Heranwachsende aber eben auch eine Kehrseite der Medaille, denn ihr eigentliches Mutterland kennen sie nur wenig. Darum fuhr ich mit den Jungs jedes Jahr zwei Wochen lang kreuz und quer durch Deutschland. Immer unter einem bestimmten Thema und ich achtete bei der Planung penibel darauf, dass Kultur mit Spaß und Action ausbalanciert waren, damit die Jungs nicht beim bevorstehenden Museumsbesuch oder einer Stadtführung die Nase rümpften, sondern sich darauf freuten und tatsächlich Wissen mitnahmen.

Ab heute Abend bis Sonntag sollten wir das Haus also voller Pubertiere haben. (Meine Freundin hat drei Kinder und alle drei sind gerade in der Pubertät mit 12, 14 und 16 Jahren). Mit meinem Sohn sind es dann also vier dieser Wesen unter einem Dach.

Das Innere Ich hat bis hierhin stille mitgelesen und verwandelt sich gerade. Es hat beneidenswert glatte Haut, allerdings sieht man auch deutlich die unvermeidliche Akne der Hormonumstellung. Aber ein leichter Flaum hat sich auf seiner Oberlippe gebildet. Es hält ein Schild hoch auf dem steht: „Ich verweigere das Duschen!", außerdem kichert es ab und zu höchst albern. „Aufräumen" ist in seinem Wortschatz nicht mehr vorhanden und seine Socken machen unter dem Bett einen Langzeitversuch in Sachen Pilzvermehrung...

Es kann sehr charmant sein, allerdings auch unglaublich bockig und destruktiv. So, wie halt so ziemlich alle Pubertiere.

Wie wird so eine Ansammlung von Pubertieren eigentlich genannt? Sind die im "Rudel" unterwegs, als "Herde", im "Schwarm" oder als "Schule" (wie die Delphine)? Bezeichnet man sie als "Rotte", "Gruppe" oder gar "Kollektiv"? Fragen, auf die mein einfacher Hausfrauengeist keine Antworten findet...

„Frag doch den Experten!" Rät das Innere Ich und das tu ich und frage meinen Sohn.

Und, wer hätte es gedacht? Er verdreht die Augen, macht auf dem Absatz kehrt und verschanzt sich in seiner Höhle, aus dem augenblicklich sehr laute Musik ertönt...

Darf`s ein Stündchen mehr sein?

Ich bin bekennender Langschläfer. Nicht frühmorgens aufstehen und funktionieren zu müssen ist ein wahnsinnig toller Luxus! Darum bin ich dafür, nicht nur den Sonntag, sondern auch den Samstag heilig zu sprechen! (Das Innere Ich hat ein Nachthemd an und eine Schlafmütze aus Wilhelm Busch`s „Max und Moritz" auf und dehnt sich weit gähnend.)

Kaum etwas genieße ich mehr, als beim ersten Aufwachen auf den Wecker zu schauen und zu sehen: Ha! Es ist noch gar nicht Aufstehzeit, ich habe noch anderthalb Stunden! Und – zack – Augen wieder zu!

Und natürlich der ganz große Wurf: Obwohl man eigentlich genug geschlafen hat, trotzdem nicht damit aufzuhören! In der satten Mattigkeit, umgeben von Wärme und Weichheit die Augenlider einfach nicht aufzumachen und träge die Zeit an sich vorbei ziehen lassen. Ohne den allergeringsten Versuch, diese Situation zu ändern. Mit der glückseligen Gewissheit die Akkuladezeit einfach zu überschreiten. Einfach mal die personifizierte Definition von Faulheit zu verkörpern, sozusagen das Nichtstun neu erfinden.

Blöd dabei ist nur, dass man danach (irgendwann muss man schließlich doch raus…) wirklich total müde ist.

„Aber wie kommt das denn?" Frage ich mich und das Innere Ich beginnt mit der Recherche.

Es dauert nicht lange, dann hat es die Antworten gefunden.

„Cortisol ist schuld." Sagt es. „Sind die Akkus aufgeladen, möchte der Körper arbeiten und mit Leistung seine Energie verbrauchen. Darf er das nicht, stresst das den Körper und er produziert vermehrt Cortisol, um den faulen Zellhaufen aus der Schlafstatt zu wuchten. Dieser Stress ist für den Körper mehr Arbeit, als wenn wir ganz normal in unseren Alltag starten und darum sind wir danach müder, als wären wir ganz normal aufgestanden. Außerdem kriegt man dann fiese, dunkle Augenringe."

Ich seufze theatralisch: „Schade! Dabei ist es doch so schön in der Kuschelhöhle."

Das Innere Ich grinst breit: „Nunja, du könntest dir von deinem Mann ja das Frühstück ans Bett bringen lassen und dann…" Es verwandelt sich in Beate Uhse und setzt sich stark geschminkt mit einem Paillettenkleid und unglaublichem Dekolleté zu mir auf die Bettkannte.

„Okay!" Rufe ich entsetzt. „Bin wach!" Und springe behände aus dem Bett.

Angefahren

Noch immer marschiere ich fast täglich zur Mall, denn ich koche lieber mit frischen Zutaten und Bewegung ist schließlich gesund.

Das Innere Ich hat eine Lederhose und ein kariertes Hemd an und auf dem Kopf einen Filzhut mit Gamsbart. Es klopft mit dem Wanderstock ungeduldig auf den Boden und prompt fällt einer der Metallplaketten ab, die man auf den Almhütten erstehen und an den Stock nageln kann, zum Beweis, dass man schon dort gewesen ist.

„Meinst du nicht, dass du es ein bisschen übertreibst?" Frage ich grinsend. „Immerhin ist die Mall nur zehn Minuten weit entfernt."

„Das ist mir egal, ich will jetzt los." Entgegnet es, also ziehe ich mir die Schuhe an und schnappe den Rucksack.

Auf den Straßen sieht man keine Europäer laufen. In der Regel hat man hier einen Fahrer und ein Auto. In unserem Arbeitsvertrag steht das auch drin, allerdings lässt sich die Firma viel Zeit und lässt uns stattdessen mit Taxen und wechselnden Fahrern unterwegs sein. Also, eigentlich nur den Michel, weil ich mir blöd vorkommen würde, wenn ich für anderthalb Kilometer ein Taxi bestellen würde! Mit einem Fahrer wäre das anders, denn der würde eh den ganzen Tag hier sein und froh, wenn er was zu tun bekommt.

Aus dem Compound hinaus und auf der großen Straße wechselt das Innere Ich die Kleidung und trägt jetzt einen Schutzanzug. Denn es ist sehr staubig und überall liegt der Dreck.

Meist kann man auf dem Gehsteig laufen aber eben nicht überall. Ab und zu steht da ein Verkaufswagen, ein Stromhäuschen oder ein Müllberg. Da kommt man nicht drumherum, auf die Straße auszuweichen. Ich laufe immer auf der rechten Seite, weil ich dann die entgegenkommenden Autos und Motorräder sehen kann.

An einer Stelle musste ich wieder den Trottoir verlassen und nach ein paar Schritten wurde ich zur Seite geschubst und knallte an eine Wand. Da hat doch tatsächlich ein kleiner Transporter ein Auto überholt, welches selbst gerade einen parkenden Wagen auf der linken Seite überholte und hat mich einfach mal von hinten kommend angefahren! Ich habe zwar ziemlich laut geschrien, das war dem Fahrer aber egal. Er hat mich kurz angeschaut, sein Fahrzeug aber nicht verlangsamt oder hätte gar angehalten. Weg und zwar mit Karacho!

Ich stand zitternd da, während das Innere Ich ihm mit geballter Faust hinterher brüllte und Flüche ausstieß, die auf keine hohe Lebenserwartung des Fahrers hinwiesen.

Bis auf ein paar Schrammen und eine gestauchte Schulter bin ich aber in Ordnung.

Das Schlimmste war das Gefühl, dass man als Fußgänger auf der Straße nichts Wert ist. Es ist den Autofahrern vollkommen gleichgültig, ob sie jemanden verletzen oder nicht. Sich als Mensch so wertlos zu fühlen, habe ich bisher nicht gekannt. Und es ist ein furchtbares Gefühl.

Wer in Deutschland auf den Bürgersteigen unterwegs ist, sollte sich mal daran erinnern, wie sicher man sich dort fühlen kann und, dass das nicht selbstverständlich ist.

Ich habe schon eine ganze Menge Skurrilität gelesen. Ganz weit vorne steht aber ein Buch, dass ich (zumindest in kurzen Auszügen) hier vorstellen muss...

1983 hat der Psychotherapeut Paul Watzlawick ein Buch geschrieben mit genau diesem Titel „Anleitung zum Unglücklichsein".

Darin gibt er eine ganze Reihe von Anregungen, wie man sich schnell und effektiv unglücklich macht.

„Warum sollte man das tun?" Fragt das Innere Ich völlig irritiert.

„Na, weil der Mensch sich im Allgemeinen nicht gerne belehren lässt. Er steht dem mit Skepsis gegenüber. Meist macht er dann genau das Gegenteil von dem, was einem gelehrt wird und in diesem Fall wird man also dann letztendlich glücklich." Entgegne ich.

Das Innere Ich kratzt sich skeptisch am Kopf. „Eine ziemlich gewagte Theorie." Meint es kopfschüttelnd, schlägt eine beliebige Seite des Buches auf und liest:

„Verklären Sie alle in der Vergangenheit liegenden Ereignisse und vergleichen Sie diese mit der Gegenwart; sie wird zwangsläufig enttäuschend erscheinen! Schöner Nebeneffekt: Wer nur in der Vergangenheit lebt hat keine Zeit, sich mit der Gegenwart und damit möglichem neuen Glück zu beschäftigen."

Das Innere Ich grinst und schüttelt den Kopf. Dann schlägt es eine andere Seite auf:

„Konfrontieren Sie Ihre ahnungslose Umgebung, zum Beispiel einen freundlichen Nachbarn, mit dem letzten Glied einer langen, komplizierten Kette von Phantasien, in denen er eine zunehmend negative Rolle spielt."

Es schlägt sich mit der flachen Hand an die Stirn. „Das ist es!" Ruft es. „Das ist der Ursprung der Verschwörungstheoretiker-Demos!"

Jetzt ist sein Interesse geweckt und es blättert weiter.

„Versuchen Sie nie, Kratzer auf Ihrer Auto- oder Wohnungstür zu bagatellisieren! Es könnte sich um absichtliche Beschädigungen oder die Spuren eines versuchten Einbruchs handeln. Gehen Sie der Sache nicht auf den Grund, sondern behandeln Sie das Problem rein gedanklich!"

Ich massiere meine Schläfen mit dem Zeigefinger: „Ich muss gestehen, dass ich das sehr, sehr gruselig finde! Immerhin gibt es sicherlich nicht wenig Menschen, die nicht verstehen, dass sie am Ende das Gegenteil machen sollten und so einen Schwachsinn ernst nehmen. Hier, schau mal das hier:

`Machen Sie sich stets bewusst, dass viele alltägliche Handlungen ein Element der Gefahr in sich tragen!` Sowas kann bei Menschen, die eh zu Ängsten neigen, richtig gefährlich werden und Depressionen und Wahrnehmungsstörungen fördern."

Ich habe schon fast körperliche Schmerzen, wenn ich sowas lese. Das Innere Ich nickt. „Ich verstehe, was du meinst. Stell dir einfach vor, Dieter Nuhr würde das auf seiner Bühne erzählen und einen passenden Kontext dazu mitgeben. Dann wird das doch schon wieder amüsant."

„Menschliche Beziehungen und Kommunikation bergen viele Chancen zum Unglücklichsein: Sparen Sie nicht mit Vorwürfen, wissen Sie besser als Ihr Gegenüber, was in ihm vorgeht und konfrontieren Sie es damit."

„Sagen Sie etwas oder tun Sie etwas, das man sowohl ernsthaft wie scherzhaft auffassen kann. Beschuldigen Sie dann Ihren Partner, je nach seiner Reaktion, eine ernsthafte Sache ins Lächerliche ziehen zu wollen oder keinen Sinn für Humor zu haben."

„Verlieben Sie sich in hoffnungsloser Weise: In einen verheirateten Mann, einen Priester, einen Filmstar oder eine Opernsängerin."

Ich klappe das Buch zu, darin möchte ich nicht mehr lesen.

Das Innere Ich tippt sich nachdenklich mit dem Zeigefinger an die Nasenspitze und sagt:

„Weißt du, was das Allergruseligste an diesem Buch ist? Ich habe das Gefühl, einige von solchen Leuten schon getroffen zu haben, die diese Anleitung genauso in ihrem Leben umgesetzt haben, wie es da steht."

Beim Arzt

Seit etwas über einer Woche kratzte es im Hals und auch beim Schlucken hatte ich Beschwerden. Das Innere Ich war ganz und gar unglücklich, weil seine geliebten salzigen Lakritz auf Zunge und Schleimhäuten brannten und es auf die Leckerei (und Bügelmotivation!) verzichten musste.

„Dabei ist Lakritze ein Grundnahrungsmittel und ich fürchte, bereits Mangelerscheinungen zu erkennen!" Bemerkt das Innere Ich.

Im Grunde habe ich ein sehr gut funktionierendes Immunsystem und nehme nur alle Jubeljahre mal eine Tablette. Darum wartete ich einfach eine Weile ab, ob sich mein Körper nicht einfach selber um die Eindringlinge kümmern würde. Bis gestern Abend. Da erschrak ich nämlich über meine eigene Zunge im Spiegel. Sie war mit einem dicken, weißen Belag überzogen, der an manchen Stellen abgestoßen war und darunter hellrote, runde Erhebungen aufstiegen. Meine Zunge sah ein bisschen aus wie eine dicke Himbeere.

„Alaaaaarm!" Schrie das Innere Ich und läutete eine unfassbar große Glocke in meiner Hirnkathedrale, so, dass ich noch Minuten später ein Fiepen in den Ohren hatte.

„Das könnte genauso gut vom Schock des Erschreckens herrühren." Meint es spitz, setzt sich auf die Glocke und pendelt hin und her. (Wenigstens hat es den Schlegel heraus genommen...)

„Himbeer-Zunge" ist ein Wort, welches jede Mutter zusammen fahren lässt. Denn es ist eines der markantesten Symptome von Scharlach. Und Scharlach mag sich als leichte Kinderkrankheit anhören, ist aber im Erwachsenenalter durchaus nicht auf die leichte Schulter zu nehmen. Einige nicht ganz angenehme Komplikationen dieser Krankheit können auch Monate nach dem Auftreten ans Licht kommen. Dazu gehören Lungenentzündung, Herzbeutelinfektion, Rhythmusstörungen, rheumatisches Fieber (tritt vier bis sechs Wochen nach der Scharlach-Erkrankung auf) oder auch toxisches Schocksyndrom mit Multiorganversagen.

„Es könnte aber auch einfach eine Pilzinfektion sein. Das hatten meine Kinder auch mal, da gibt man dann einfach eine Weile Nystatin und dann ist das kein Problem." Versuche ich mir selbst Mut zu machen, während dem Inneren Ich bereits die Schweißperlen auf der Stirn standen.

So kam es also, dass ich heute Morgen in die Klinik gefahren bin, um das abklären zu lassen. Gut, dass ich meinen Reisepass mithatte! Die Nummer muss man nämlich im Aufnahmebogen angeben. Hier habe ich mich nicht getraut, einen falschen Namen oder falsche Telefonnummern anzugeben, dazu war mir die Sache zu ernst.

Dann musste ich erst mal zahlen. Es gibt einen Pauschalpreis für die Behandlung (ca. 20 Euro), wenn man Injektionen bekommt oder Röntgen, ect. gemacht werden muss, dann muss man die hinterher extra zahlen. Dann bekam ich eine Wegbeschreibung zum HNO-Trakt und meldete mich dort an der Rezeption an.

„Für wann haben Sie den Termin?“ Wurde ich gefragt und ich antwortete, dass ich keinen hätte.

„Dann setzen Sie sich doch bitte und ich werde Sie aufrufen.“ Und das tat ich auch.

„Du hättest ihr deine Zunge zeigen sollen und rufen: Septisch, Septisch! Dann wärst du ganz schnell dran gekommen.“ Maulte das Innere Ich.

„Ich habe extra ein Buch mit und darum wird das Warten gar nicht schlimm.“ Erwiderte ich und setzte die Brille auf.

Der Wartebereich war sauber und einladend. Es war gut besucht aber nicht gerammelt voll und auch sonst machte die Klinik einen wirklich guten Eindruck.

Es dauerte keine halbe Stunde, dann kam ich dran.

Ein gut englisch sprechender Arzt schaute sich Zunge und Rachenraum an und sagte dann: „Bakterielle Infektion ja – Scharlach aber nein. Ich gebe Ihnen ein Antibiotikum und etwas zum Gurgeln mit. In ein paar Tagen sind Sie beschwerdefrei.“

Ich nickte erleichtert. Nach vier Minuten war ich mitsamt meinem Rezept wieder aus dem Behandlungsraum entlassen.

„Wie, so ganz ohne Abstrich und Blut abnehmen?“ Fragte das Innere Ich irritiert. In der Tat ist es befremdlich, dass nicht die ganze Bandbreite der

Diagnostik gefahren wurde, denn immerhin wäre ich als reicher Ausländer doch finanziell echt lohnend! Aber nein, es wird gemacht, was nötig ist und nicht mehr. Durch den Belag konnte er erkennen, dass es nichts Virelles ist und auch kein Pilz. Und egal, welches Bakterium dort sein Unwesen treibt, es würde ohnehin auf ein Antibiotikum heraus laufen.

Der Knaller kam aber in der Apotheke: Ich reichte mein Rezept über die Theke und besah mir die Fächer, in denen viele, viele durchsichtige Tupperboxen mit Medikamenten standen. Allerdings lose, ohne Verpackungen!

Beide Angestellten bei der Ausgabe hatten am Gürtel eine Schere an einem Band hängen. Das Mädel, welches mich bediente, schnappte sich die Box mit der Aufschrift „Augmentin" und zählte exakt die Menge an Tabletten ab, welche ich für 5 Tage Einnahme benötigen würde. Und zwar aufs Stück genau. Die Restlichen schnitt sie dann mit der Schere ab.

Beipackzettel mit Risiken oder Nebenwirkungen bekommt man nicht.

Das Innere Ich musste schmunzeln. „Überleg mal, was man im deutschen Gesundheits-System sparen könnte, wenn man sich die Klinik hier als Beispiel nähme! Es würden auch viel weniger Tabletten weggeschmissen werden."

Ja, das sollte man sich mal überlegen. Ob man einfach mal Diagnostik und Labor (wenn sie wirklich unnötig sind) weg lässt. Denn manchmal habe ich in

Deutschland den Eindruck, dass es öfter mal eher ums liebe Geld geht, als um das Wohl des Patienten…

Darf man lachen?

Ich lese gerade ein Buch, in dem Stan Laurel eine der beiden Hauptfiguren ist. Eine außerordentliche und ungewöhnliche Geschichte, in der es um Philosophie, Wahrheiten, dem Leben und den Tod geht.

Das Innere Ich ist ganz wild auf dieses Buch, weil es die reinste Nahrung für es ist. Es verschlingt die Wörter meist im Ganzen und kaut sie von der rechten Gehirnhälfte zur Linken, wendet sie in eigenen Interpretationen ihrer Bedeutung und frittiert sie im Verstehen aus.

Ich erfreue mich an dem flüssigen Schreibstil, der guten Recherche und der Leichtigkeit, mit der diese anspruchsvolle Geschichte geschrieben ist.

Der Komiker und Mensch Stan Laurel, welcher mit Oliver Harden so viele Filme drehte und mit seiner ganz eigenen Gestik, Mimik und Slapstick die Menschen zum Lachen brachte. Je weiter ich im Buch vorankomme, desto vertrauter wird mir der Mensch, der eigentlich Arthur, Stanley Jefferson hieß. Er war ein Meister der Komik, bei dem jeder Gag saß, der ein untrügliches Gespür für den richtigen Moment, die richtige Länge der Pausen, die perfekten Bewegungen besaß, um einen Lacher aus dem Publikum heraus zu kitzeln.

In dem Buch wird erzählt, dass Stanleys Lieblingsbruder bei einem normalen Zahnarztbesuch an einer Überdosis Lachgas verstarb.

Ich lache kurz auf und bin sofort über mich selbst erschrocken.

„Darf man über einen solchen Satz lachen? Gut, es ist ohne Zweifel eine böse Ironie des Schicksals, doch es kommt mir so pietätlos vor, darüber zu schmunzeln." Frage ich das Innere Ich.

Es überlegt einen Augenblick, bevor es antwortet: „Du musst unterscheiden worüber du gelacht hast. Nämlich nicht über das arme Kind, welches verstorben ist und sicher auch nicht über das Leid und die Trauer, die der Tod des Kindes und Bruders bei der Familie ausgelöst hat. Sondern über die groteske Absurdität dieser Aussage, dass ausgerechnet `Lachgas` bei einem der besten Komiker seiner Zeit eine der schlimmsten und grauenhaftesten Erinnerungen seines Lebens beschert hat."

Diese Information, die mich da kurz mal aus der Lesebahn gekickt hat, kam völlig unauffällig in einem Nebensatz der Geschichte. Kurz mal eine Pointe aus dem Handgelenk geschüttelt und den Leser so überrumpelt, wie es Stan Laurel nicht besser hätte machen können!

Es ist auf jeden Fall ein Buch zum Mit- und Nachdenken, welches ich sehr empfehlen kann. Der Titel ist übrigens „Picknick im Dunkeln".

Der grüne Punkt

Wenn man einem Deutschen etwas von einem „grünen Punkt" erzählt, dann erntet man ein müdes Lächeln, nebst einem wissenden Nicken. Die Deutschen gehen mit dem grünen Punkt auf ihren Verpackungen um, wie eine Säuglingsschwester mit einer Nuckelflasche. Das können sie im Schlaf, seit ihnen Herr Töpfer 1990 die Idee vom Dualen System und der Privatisierung der Abfallbetriebe beigebracht hat. Trennen und Sammeln war die Volkserziehung in den 90er Jahren.

Heute stehen in den Vorgärten mehr bunte Tonnen als Gartenzwerge und wenn ich im Sommer für die Ferienzeit nach Deutschland komme, muss ich mich echt konzentrieren, bevor ich etwas in den Mülleimer werfe...

Das soll keinesfalls negativ klingen, ich bin ein großer Befürworter von Abfallvermeidung und Wiederverwertung! In Indien kann ich diesbezüglich allerdings wenig selber tun...

Hier kommt alles, von Papier über Plastik bis Glas, in ein und dieselbe Mülltüte. Diese schmeißt man vorn im Compoud auf einen großen Müllhaufen, der irgendwann abgeholt wird, um auf einen noch größeren Haufen geschaufelt zu werden...

Das Innere Ich kratzt sich an der Nase. „Aber das wolltest du doch gar nicht erzählen." Meint es. Stimmt... War nur die Einleitung.

Hier gibt es ebenfalls einen grünen Punkt. Der ist auch auf allen Verpackungen drauf, hat aber eine andere

Bedeutung. Hier geht es nicht um Abfall, sondern um die Erkennung, ob das Produkt vegetarisch ist oder eben nicht. Das Gegenteil zum vegetarischen grünen Punkt ist der rote Punkt.

Nun könnte man natürlich davon ausgehen, dass ein Vegetarier durchaus selbst in der Lage sein könnte, zu erkennen, dass ein in durchsichtige Folie eingepackter Maiskolben vegetarisch ist. Zur Sicherheit prangt aber trotzdem gut sichtbar der grüne Punkt darauf.

(Das Innere Ich verwandelt sich in einen Maiskolben, der sich mit Glutroten Augen und Tigergebiss über ein Hühnchen hermacht.)

Wenn man aber mal mit offenen Augen durch den Supermarkt geht, findet man mitunter auch sehr amüsante Punkte.

Gut, über den grünen Punkt auf Eiern kann man durchaus diskutieren. Aber bei einem Einmachglas Spargel einen roten Punkt zu entdecken, da klimpert man schon mal kurz mit den Augenlidern.

Das Innere Ich steht an einer Straße in Niedersachsen und stellt ein Schild auf, auf dem steht: „Achtung! Freilaufender Spargel!"

Dann wiederum moderiert es mit ernster Miene und Hornbrille eine Sendung vom „7. Sinn", in dem es auf die Gefahren des Wildwechsels von Walderdbeeren hinweist.

Vor ein paar Tagen war ich mit einer Freundin in einem „Französischen" Restaurant. Das Essen war zwar nicht wirklich französisch – aber sehr lecker. Auf der Speisekarte war dann der Cesar Salat (das ist ein grüner Salat mit Hühnchenstreifen) mit einem grünen Punkt gekennzeichnet...

Jetzt kann man sich natürlich überlegen, ob man es einfach mit den Bedeutungen dieser Punkte nicht so genau nimmt. Oder ob da einfach einige Verantwortliche schlicht eine Rot-Grün-Schwäche haben? Oder es gibt zwischendurch eben auch Ausrutscher?

„Vielleicht möchte man die einkaufenden Menschen ja auch zum selbstständigen Denken anregen?" Mutmaßt das Innere Ich.

Nunja – Letzteres würde ich hier in Indien denn doch eher ausschließen wollen!

Sari

Es ist bekannt, dass das traditionelle Gewand der indischen Frauen der Sari ist. Es gibt ihn als „Alltags-Sari" in Baumwolle oder Polyester und in besserer Ausführung mit viel Glitzer und in Seide für festliche Anlässe. Vor einigen Wochen kam eine Dame für zwei Tage zu uns nach Hause, um mit uns ein interkulturelles Seminar zu machen. Nun war das zwar etwas spät, denn wir wohnen immerhin schon fast ein halbes Jahr hier, doch hatte sie auch noch Einiges zu berichten, was uns neu war. Oder auch Dinge, die wir nach ihren Erklärungen besser verstehen konnten.

Sie riet uns, traditionelle Gewänder anzuschaffen. Wenn man als Ausländer von Indern zu einem Fest eingeladen wird, dann sind das in der Regel keine armen Leute und dann wird es gern gesehen, wenn sich die Ausländer auch an den Dresscode halten.

Vor unserem Umzug nach Indien ging ich davon aus, dass sich die moderne Frau hier auch modern kleidet, wie wir es aus anderen Großstädten der Welt kennen. Selbst in Dubai liefen die jungen Frauen nicht komplett verschleiert, sondern in Jeans und Shirt durch die Gegend. Aber ich hatte mich getäuscht, denn die Inderinnen, welche keine traditionelle Kleidung tragen, kann man bei einem Besuch in der Mall an einer Hand abzählen. Entweder sie tragen Sari oder eine Pluderhose mit einem kurzen Kleidchen drüber. Hauptsache bunt!

Wenn man in westlicher Kleidung zum Einkaufen geht, wird man natürlich angestarrt, darum hatte ich mir auch einige Pluderhosen und kurze Kleidchen (na klar, ebenfalls bunt!) zugelegt. Und jetzt stand ich vor einem Geschäft, in dem man festliche Saris kaufen konnte.

Das Innere Ich musste blinzeln, wegen der völlig übertriebenen Goldstickerei, welche mir von den Stoffen entgegen blinkte. Es schüttelte den Kopf und wies darauf hin:

„Es gibt in Indien kein `übertrieben`, wenn es um Kitsch und Bling-Bling geht."

Na gut, neues Land, neues Anpassen. „Aber wenn du schon einen Sari kaufen willst, dann mach doch gleich ein Experiment daraus und finde heraus, wie die Inder im Alltag reagieren, wenn du sie mit einer Ausländerin im Sari konfrontierst." Verlangte das Innere Ich und rieb sich belustigt die Hände.

Ich stutzte und fragte vorsichtig: „Du willst, dass ich ihn gleich anlasse und in einem goldbestickten Bollywood-Sari in einen Supermarkt gehe?"

Es nickte heftig und quietschte vor Vergnügen: „Jepp."

„Aber", wandte ich gequält ein, „dies ist die Mall, in der ich fast täglich zum Einkaufen gehe. Die Leute im Supermarkt kennen mich…"

„Und die Leute, die dich bisher noch nicht kennen, werden dich danach kennen!" Grinste es breit und verteilte schon mal Autogramme an begeisterte Inder. Es war bereits Feuer und Flamme für seine Idee und so konnte ich nur resigniert seufzen und betrat den Laden, der bis unter die Decke angefüllt war mit farbenfrohen Saris. Neben der Kasse qualmten in einer kleinen

Glasvase die unvermeidlichen Räucherstäbchen und ich war erneut ganz froh, dass ich nichts riechen konnte.

Zu meinem Glück gab es eine weibliche Verkäuferin und die konnte auch noch ganz gut Englisch, was in Indien (entgegen meinen Vorstellungen) nicht selbstverständlich war. Der Mann an der Kasse war auch sehr höflich und dann zeigte man mir mehrere hochmoderne Sari-Stoffe, die an Prunk, Glitzer, Perlen und Pailletten kaum zu überbieten waren. Das Innere Ich verwandelte sich in einen Regenbogen und lies unablässig Konfetti regnen, bis ich irgendwann einen dunkelgrünen Sari fand, der wenigstens „nur" mit Goldstickereien überfüllt war. Gut, der sollte es also sein. Ich fragte die Verkäuferin, ob sie mir helfen könne, den Sari anzulegen und auch, wo ich denn so einen Unterrock dafür bekommen könne. Den braucht man nämlich, damit nicht das nackte Bein beim Gehen hervor lugt, denn das wäre in Indien ein absolutes „No-Go!". Dienstbeflissen sprang der Mann hinter seiner Kasse hervor und erläuterte, dass es hier in der Mall ein Laden gäbe, in dem man die „besten Petticoats in ganz Bangalore" kaufen könne. Und, (was für ein Zufall!) dieser Laden ausgerechnet seinem Cousin gehöre! Er würde doch gleich mal rüber laufen und den passenden Unterrock für mich besorgen. Na, das nenne ich doch mal Service!

Das Innere Ich musste lachen: „Da bekommt der Begriff `Vetternwirtschaft` noch mal eine ganz andere Gewichtung."

Die Verkäuferin bugsierte mich in die Umkleide, die so klein war, dass ich mich nur mit Mühe ausziehen konnte, ohne ihr einen Kinnhaken zu verpassen. Es dauerte gar nicht lange, dann klopfte der Mann und mein Fräulein neben mir versuchte die Tür nur so wenige Zentimeter zu öffnen, dass gerade mal der Unterrock hindurch passte, er aber auf keinen Fall auch nur einen ganz kleinen Blick auf die Ausländerin in BH und Unterhose werfen konnte.

Die Klimaanlage in dem Geschäft bollerte zwar außerhalb der Kabine auf Hochtouren, darum war es draußen kalt, in der Kabine allerdings heizten gerade zwei Frauenkörper die Luft auf und es wurde ziemlich schnell ziemlich stickig. Eine der Beiden fing zu allem Überfluss auch noch an, klimakteriumsbedingt zu wallen...

Das Innere Ich bekam bereits rote Ohren und war sich auf einmal doch gar nicht mehr so sicher, ob das wirklich so eine gute Idee war. An diesem Punkt greift dann aber meine Disziplin, einen einmal eingeschlagenen Weg auch bis zum Ende zu gehen. Und so hielt ich es tapfer aus, während die Verkäuferin mit kundigen Händen den Sari an mir drapierte. Zwischendurch musste der arme Mann nochmal losrennen, denn ich benötigte natürlich auch noch die perlenbesetzten Sicherheitsnadeln, um die Falten meines Gewandes an Ort und Stelle zu halten. Nach guten 15 Minuten war es geschafft und ich verließ die Kabine und bewunderte mich vor dem großen Spiegel. Na also, das wäre doch gelacht, wenn mich in diesem Aufzug nicht der nächste Bollywood-Produzent für einen Film verpflichten würde!

Glitzernd, wie eine Prinzessin auf Staatsempfang teilte ich den Beiden nun mit, dass ich den Sari gleich anbehalten möchte. Der Mann lachte, denn er hielt es für einen Scherz. Die Verkäuferin guckte mich irritiert an. Ich lächelte und zog das Portemonnaie heraus. Sein Lachen wurde weniger und Erstaunen beherrschte seine Miene. Dann sagte er: „Aber, aber da sind noch die Barcodes dran und der Diebstahl-Schutz."

„Gut." Erwiderte ich grinsend. „Dann machen wir die am besten vor dem Verlassen des Ladens ab."

Das Mädel hatte ich inzwischen wieder gefangen und dirigierte mich zurück zur Kabine. Dort wühlte sie in den vielen Lagen Stoffe so lange, bis sie alle Schilder und den Diebstahl-Schutz entfernt hatte und zwar ohne mir das ganze Kunstwerk vom Leib zu nehmen. Wunderbar! Jeans und T-Shirt in den Rucksack und ab zur Kasse. Mittlerweile war noch ein anderes Pärchen im Geschäft mit Kleinkind und sie starrten mich unverhohlen an.

„Das ist ganz schön peinlich." Maulte das Innere Ich kleinlaut.

„Ach, halt die Klappe, das Ganze hier war schließlich deine Idee!" Patzte ich zurück und bezahlte meinen Schatz.

Es zuckte mit den Schultern, machte sich vorsichtshalber unsichtbar und flüsterte: „Aber Glitzersari und Rucksack, das passt so gar nicht zusammen, genauso wie die Turnschuhe, die du an den Füßen hast..." Ich ignorierte diesen Einwand geflissentlich und reckte einfach die Nase etwas höher und verließ den Laden.

Und zack: Schon stand ich vor der nächsten Aufgabe: Laufen im Sari. Das ist so ganz und gar überhaupt nicht einfach, denn große Schritte kann man darin nicht machen. Außerdem trat ich mir ständig auf den Saum, was so manche Inder um mich herum kolossal amüsiert hat.

Okay, Trippelschritte und ein tapferes Lächeln auf den Lippen, um wenigstens den letzten Rest Würde mit zu nehmen. Und dann kam die Rolltreppe... Hier benötigte ich schon einige Augenblicke, um die ganze Pracht in die Finger zu bekommen und hoch zu heben, damit kein Stoff von den bewegten Metallstufen eingesogen wurde. An dieser Stelle darf sich der geneigte Leser gern vorstellen, wie eine Ausländerin mit Turnschuhen und bis zu den Knien hochgezogenem Sari mit hochrotem Kopf eine Rolltreppe in einer Einkaufs-Mall herunter fährt. Das Innere Ich zog sich bereits eine braune Papiertüte über den Kopf und ich raunte verächtlich: „Feigling!"

Dann schwebte ich trippelnd zum Supermarkt und gab meinen Rucksack bei der Aufbewahrung ab. Der Mann dort kannte mich und strahlte mich belustigt an: „You look very pretty, today!" Ich bedankte mich für das Kompliment und schnappte mir den nächsten Einkaufswagen. So, jetzt aber! Ich kam allerdings nicht sehr weit, weil ich einen Augenblick unaufmerksam war und sich der Saum meines Saris in eine der Rollen meines Einkaufswagens verwurstelte. Der Sari war aber so eng drapiert, dass ich mich nicht bis auf den Boden bücken konnte, um ihn zu befreien. Mit flehendem Blick sah ich mich deshalb zu der Dame vom Sicherheitspersonal um, die am Eingang und Ausgang vom Supermarkt immer die Einkaufswagen und Kassenzettel kontrolliert. Sie verstand und kam mir grinsend zu Hilfe. Was für ein Fest für die Umstehenden Mitarbeiter und Kunden! Ich war die Attraktion im Laden!

Das Innere Ich rollte mit den Augen: „Kein Wunder, wenn du im Glitzer-Abendkleid mit Schleppe in Deutschland im Aldi einkaufen gehst, gucken dich die Leute genauso an!"

An der Fleischtheke kaufte ich ein Lammfilet und der Metzger lachte mich an, zwinkerte mir zu, lehnte sich ein wenig über die Theke und fragte dann verschwörerisch: „Noch etwas Anderes dazu?"

Das Innere Ich sprang entsetzt auf: „Sach mal! Flirtet der etwa mit dir?"

Ich spürte, wie sich eine tiefe Röte über mein Gesicht zog, schnappte mir schnell mein Filet und flüchtete in Richtung Putzmittel. Den Rest des Einkaufes erledigte ich fast schon souverän und unfallfrei. Und bei all der Belustigung, die die Inder bei meinem Anblick hatten, kam trotzdem ganz oft ein: „You look very beautiful."

Klar, der Dresscode war natürlich in einem Supermarkt total daneben. Trotzdem scheint es den Leuten aber zu gefallen, wenn eine Ausländerin sich traditionell kleidet.

Für den praktischen Gebrauch im Alltag ist so ein Sari allerdings nicht so toll. Mal abgesehen von den Trippelschritten ist Bücken schwierig, weil einem der lange Schal dann ständig nach vorne fällt, selbst, wenn er mit Sicherheitsnadeln an der Schulter befestigt ist. Vielleicht muss man sich aber auch einfach nur daran gewöhnen. Mal schauen, ob ich das Experiment mit einem schlichten Baumwoll-Sari einfach nochmal wiederhole...

Der Schallpegel

Meine Oma hatte in ihrem Wohnzimmer eine Standuhr, welche ich als Kind sehr geliebt habe. Gemacht hatte sie mein Urgroßvater, der war nämlich Uhrmacher. Ein Einzelstück, handgemacht und wunderschön. Leider wurde die Uhr nach dem Tod meiner Großmutter von ihrem Sohn verschachert. Aber darum geht es jetzt nicht.

Meine Oma hatte öfter gesagt: „Jeder Mensch sollte einmal am Tag eine solche Ruhe haben, dass er das Ticken einer Standuhr hören kann." Und damit meinte sie nicht die Nacht, in der man schläft, sondern einen ganz bewussten Moment tagsüber.

Aber wie ist das eigentlich mit den Dezibel, ab wann ist das eigentlich unangenehm und ab wann sogar schädlich?

Das Innere Ich setzt sich Schallschutz-Kopfhörer auf und steht vor einer immens großen Lautsprecherbox, mit der man problemlos ein Rockkonzert in einem Stadium beschallen kann. „Halt!" Rufe ich, als es die Hand nach dem Regler ausstreckt. „Erst mal Recherche, bitte, bevor wir das praktische Experiment machen…"

Missmutig setzt es die Kopfhörer wieder ab. „Spielverderber…" Murmelt es.

Also gut. 0 Dezibel gilt als „Hörschwelle", ab da hören wir überhaupt etwas. Null Dezibel gilt als „Ruhe".

10 ist bereits „Atmen". Das Innere Ich steht in einem unbekannten, stockdunklen Raum. Es ist kalt und total

gruselig und man hört nur einen rasselnden Atem.... Mir stellen sich die Nackenhaare hoch.

20 Dezibel ist das schon beschriebene Standuhrenticken oder auch das Rauschen von Blättern am Baum.

30 Dezibel ist ein Flüstern. Das Innere Ich flüstert mir Dinge ins Ohr, von denen ich rot werde und die ich hier nicht aufschreiben kann...

40 Dezibel – eine leise Unterhaltung.

50 eine normale Unterhaltung.

Bei 60 Dezibel empfindet der Mensch die Lautstärke schon eher als lästig. Zum Beispiel im Büro oder Telefonklingeln oder in der Küche von Mac Donald...

70 und 80 Dezibel haben wir bei lautem Straßenverkehr, lautem Schreien.

90 Dezibel, wenn ein lautes Motorrad an uns vorbei knattert oder eine Blasmusikprobe in einem Schulzimmer.

Und danach kommt direkt der Presslufthammer in unmittelbarer Nähe mit 100 Dezibel.

„Guck mal", sagt das Innere Ich, „Presslufthammer und Blasmusik unterscheiden sich also gar nicht so weit..."

Ab 100 Dezibel spricht man vom „schädlichen Lärm".

Und das kann man sich auch vorstellen, denn bei

110 haben wir Knallkörper oder ein Rockkonzert

120 Dezibel bereits ein Düsentriebwerk in 10 Meter Abstand

(Das Innere Ich hebt den Finger und wirft ein: „Und damit ist NICHT gemeint, dass man selbst dabei im Flieger sitzt und 10 m weiter das Triebwerk anspringt!")

Tja, bei 130 Dezibel ist die Schmerzgrenze erreicht. Das ist zum Beispiel eine Explosion in der Nähe oder auch so ein Jagdflieger vom Militär, der mit einem Knall die Schallmauer durchbricht, dass es uns auf dem Liegestuhl am Pool fast ins Becken haut!

Allerdings muss ich gestehen, dass ich es total liebe, in meiner Küche zu stehen und den CD-Spieler bis zum Anschlag aufzudrehen und mit zu singen! Vielleicht ist Lautstärke in Maßen ja gar nicht schädlich, sondern sogar gesundheitsfördernd, weil es gut für die Seele ist?

Das Innere Ich hat die Kopfhörer wieder auf und ich gehe in die Küche, werfe die „Ton-Steine-Scherben"-CD rein und drehe auf...

Der Ursprung der Wörter

Vor ein paar Tagen habe ich mit meinem Mann am Pool gesessen und den warmen Abend genossen, als plötzlich das Wort „umtopfen" im Raum stand.

„Ist ein komisches Wort." Sagte er und sah mich erwartungsvoll an.

„Warum?" Fragte ich.

„Naja, es hört sich einfach komisch an. Ich sage ja auch nicht `umkellern` wenn ich etwas von einem Keller in den Anderen trage."

Das Innere Ich klimperte interessiert mit sehr langen Augenwimpern, die denen eines jungen Dromedars sehr ähnlich waren.

Ich überlegte eine Weile und dachte dann, dass es noch einige andere Ausdrücke gibt, die ein „Umtopfen" doch legitimieren. „Umsetzen" würde ja auch gehen – allerdings definiert dieses Wort lediglich die Pflanze von einem Ort an einen nächsten zu setzen, beim „Umtopfen" geht es in der Regel in einen größeren Topf.

Das Innere Ich kratzte sich am Kinn und meinte: „Aber es gibt auch noch umsiedeln, umgestalten, umstecken und so weiter. Eigentlich geht es bei Verben mit „um" doch meistens um Bewegung oder Veränderung."

Und wo es schon mal bei dem Thema war, zog es sich einen bunten Malerkittel an und kleckste Farbe in ein Wörterbuch. „Hast du dir schon mal überlegt, wo das Wort Purzelbaum herkommt?" Fragte es und kicherte.

„Ja." Erwiderte ich. „Vom altdeutschen Wort `bürzeln`, was Fallen bedeutet und von `aufbäumen` - also wieder aufstehen."

„Und quietschfidel?"

„Ganz einfach, wenn die Menschen so richtig von Herzen lachen, dann quietschen sie oft dabei. Und in der Rege lacht man so nur, wenn man sich wohl fühlt – also gesund ist. Eben fidel."

Ich merkte, wie das Innere Ich alte Bücher durchstöberte. Es fuhr mit dem Zeigefinger über die Wortlisten und blieb dann abrupt hängen: „Hüftgold!" Rief es.

„Zu Zeiten Rubens galt es als wunderschön, wenn die Frauen so richtig was auf den Knochen hatten. Es war ein Statussymbol: Schaut her, ich habe so viel Gold, dass ich viel mehr zu Essen kaufen kann, als ich eigentlich zum Leben brauche."

Das Innere Ich ging in Lauerstellung und grinste ganz siegesgewiss: „Aber was ist mit schnurzpiepegal?"

Ich dachte sehr lange darüber nach, während das Innere Ich `splitterfasernackt` an einer `Wuchtbrumme` im `Wolkenkukusheim` modellierte.

Während ich noch immer über den Ursprung dieser Worte nachdachte, leckte sich das Innere Ich die Modellierfinger ab und meinte achselzuckend:

„Warum gibst du das Nachdenken über diese vier Worte nicht einfach an deine Leser weiter?" Oh, welch hervorragende Idee!

Die Sachsen waren schon da!

In den Herbstferien haben wir eine Reise auf die Andamanen gemacht. Das ist eine Inselgruppe östlich von Indien. Dort gibt es Inseln auf denen noch Naturvölker in ihrer individuellen Ursprünglichkeit leben. Die Inseln sind nicht groß, darum sind es auch nur wenige Gruppen oder Clans, darum wäre „Bevölkerung" eher ein zu großes Wort...

Um sie vor der Moderne (und vor allem den Menschen!) zu schützen ist es verboten, diese Inseln zu betreten. Auch das Ankern von Schiffen im unmittelbaren Umfeld ist nicht gestattet.

Um aber trotzdem einen Eindruck zu vermitteln, wie die Menschen dort leben, gibt es in Port Blair, der Hauptstadt auf den Andamanen ein extra Museum über diese Völker. Das Museum ist, nunja, sagen wir mal, rudimentär gebaut und zeugt von dem durchaus guten Willen, auch mit wenig Mitteln viel erreichen zu wollen.

Auf drei Etagen wird dort über die Lebensweisen, Hintergründe und Ursprung dieser Völker und ihrer Entwicklung informiert. Mit Exponaten aus vergangener Zeit und der Heutigen.

Es sind die unterschiedlichen Arten, sich Hütten aus Holz und Palmenblättern zu bauen als Modelle ausgestellt, Äxte aus Stein und Speere für den Fischfang.

Metall gibt es dort nur, wenn es als Strandgut angespült wurde. Tja – und natürlich, als die Engländer als

Kolonialmacht mal wieder alles durcheinander bringen mussten...

Nachdem die lästigen Briten Indien aber den Rücken gekehrt hatten und Indien wieder selbstbestimmt war, beschlossen die Naturvölker, ihre alten Traditionen und Lebensweise wieder zu leben und kehrten der Zivilisation den Rücken. Der Staat Indien respektierte diesen Wunsch und schützt sie seit dem mit oben genannten Verboten.

„Und was ist, wenn mal ein junger Mensch keinen Bock hat, so traditionell zu leben und eher Lust auf Moderne und Zivilisation hat?" Fragte das Innere Ich skeptisch und besah sich die doch eher sehr spärliche Kleidung, welche in der Regel nur aus ein paar Stricken, Palmenblättern und Farben besteht.

Nun, auch auf diese Frage gibt es in dem Museum Antworten: Wenn Jemand dort nicht leben möchte und ist sich dessen absolut sicher, dann baut man ihm ein Boot und er oder sie fährt auf eine andere Insel (die sind ja nicht so weit voneinander entfernt und in nicht mal einem Tag zu erreichen) und von dort nach Port Blair.

Dort wird ihm/ihr dann geholfen, sich in der Zivilisation zu Recht zu finden. Wie genau, das wird allerdings nicht erläutert. Fakt ist allerdings, dass dieser Mensch nie wieder auf seine Heimatinsel zurück kann. Denn das wollen die Inselbewohner nicht. Gut, ist verständlich...

Und dann gab es in dem Museum einen Raum mit großen Bildern von den verschiedenen Naturvölkern. In schwarz-weiß, so aus den 30er und 40er Jahren. Interessante Aufnahmen in ihrer Einfachheit und Exotik.

Ich sah mir alle Bilder genau an und irgendwie hatte ich ein Gefühl von Vertrautheit. Dann stupste mich das Innere Ich an und zeigte mit einem breiten Grinsen auf die Schilder, welche rechts unten unter allen großen Bildern angebracht waren. Darauf stand nämlich:

„Freundliche Leihgabe des Völkerkunde Museum Leipzig"

„Kannst`e mal sehen!" Rief das Innere Ich erstaunt aus. „Da fliegst`e zum anderen Ende der Welt, begibst dich in ein Museum, welches so einfach ist, dass es nicht mal Klimaanlagen oder gar einen ebenen Fußboden gibt und von der Akustik der Räumlichkeiten den Charme eines Hallenbades aus den siebziger Jahren hat. Exotischer geht es kaum noch. Aber was stellst du fest? – Die Sachsen waren schon hier!"

Das Innere Ich sitzt morgens vor dem Fernseher und schaut sich die Nachrichten an. Dabei regt es sich total über einen Ausschnitt einer Debatte des Deutschen Bundestages auf, bei dem (wieder mal) „Politiker" der AfD ihren verbalen Durchfall in den Raum spritzen. Da das Innere Ich sich massiv wehrt, diesen Schwachsinn bis zum Schluss anzuhören, übertönt es den Fernseher, indem es den Redner wüst beschimpft. „Vollidiot!" ist noch eines der harmlosen Betitelungen.

„Na?" Frage ich es amüsiert. „Hast`e mal wieder Nachrichten-Tourette?"

Das Innere Ich grinst breit, lässt sich in den Fernsehsessel fallen und verschränkt die Arme hinter dem Kopf. „Das ist so unglaublich entspannend, wenn man einfach mal alles rauslassen kann, was einem nicht gefällt. Und gesund ist es obendrein – das ist nämlich Ulcus-Prophylaxe."

„Du behauptest, du kannst ein Magengeschwür verhindern, indem du Gaulands Nazi-Truppe verbal beschimpfst?" Frage ich Skeptisch.

„Na, aber sicher! Was im Straßenverkehr gegen zu dicht auffahrende Verkehrsteilnehmer hilft, entspannt auch im Wohnzimmer. Das ist einfacher Stressabbau. Hört ja keiner, der da im Bundestag sitzt."

„Du würdest denen deine Meinung also nicht ins Gesicht sagen?" Frage ich lauernd.

Das Innere Ich verzieht säuerlich den Mund: „Ich würde sehr gerne, doch du würdest mich nicht lassen!"

Da muss ich ihm zustimmen, manche Worte sollte man sich lieber nur denken.

„Hast du eigentlich schon mal über die Unterschiede zwischen diskutieren, streiten und reden nachgedacht?" Fragt es nach einer Weile.

„Na, eine Diskussion ist ein Austausch von Meinungen. Dabei ist es egal, ob man in diesem Moment seine Aussagen beweisen kann oder nicht." Antworte ich.

„Stimmt. Und natürlich versucht man, den oder die Anderen von seiner Meinung zu überzeugen. Allerdings ist es für eine gute Diskussion nicht wichtig, ob das funktioniert. Es können auch am Ende einer Diskussion die verschiedenen Meinungsträger bei ihrer Stellung bleiben, denn es ging ja um den Austausch und die Erweiterung des Blickfeldes."

Ich muss lachen und deute auf die Nachrichten, wo gerade ein Beitrag läuft von der „Debatte", welche sich Trump und Biden geliefert haben.

„Debatte???" Schreit das Innere Ich erbost. „Das war doch keine Debatte! Das war ein klassischer Streit, wie es niveauloser nicht hätte passieren können."

„Tja, das war von Trump aber auch nicht anders zu erwarten." Seufze ich. „Im Gegensatz zu einer Diskussion lebt der Streit ja davon, den Anderen persönlich zu treffen, ihm emotional zuzusetzen."

Das Innere Ich lädt sich emotional total auf und fliegt als immer dicker werdender scharlachroter Ballon in der Luft. „Jaja, der Eine kommt mit Kritik oder einer persönlichen Aussage an, der Andere wehrt sich, indem er den Ball ebenfalls mit einem persönlichen Schlag zurückgibt. Und – zack – schon ist das Vorwurfs-Karussell in voller Fahrt, bis es knallt." Das Innere Ich platzt und die roten Schnipsel fliegen durch den Raum.

Ich überlege eine Weile. „Aus so einer Situation raus zu kommen, ist schwierig. Im Grunde kann man sich nur räumlich trennen und Jeder muss seine Wunden lecken und über das Gesagte nachdenken. Und sich Zeit geben, bis das Adrenalin im Blut nicht mehr die Wortwahl dominiert."

Mit einem Strauß Blumen kommt das Innere Ich vorsichtig um die Ecke. „Genau. Und wenn es soweit ist, dann muss man `reden`. Wieder zueinander finden. Einen Weg suchen, mit den Problemen klar zu kommen, mit dem Beide zurechtkommen."

Ich schaue es an und deute grinsend auf die Blumen: „Aber wir haben uns doch gar nicht gestritten. Oder willst du die Blumen Gauland oder Trump geben?"

Entsetzt frisst es den Blumenstrauß in Sekunden auf. „Niemals!" Rülpst es dann und grinst: „Jetzt bekommt der Spruch `Du pupst auch keinen Rosenduft!` eine ganz neue Bedeutung."

Ich schaue auf die streitenden Menschen in der Flimmerkiste. „Warum nur ist es für so viele Menschen ein solches Problem, eine gute Diskussion zu führen ohne sich gegenseitig persönlich zu beleidigen?"

Das Innere Ich rollt eine Lakritz-Schnecke ab und saugt es wie Spaghetti in den Mund.

„Ich glaube, weil ihnen die Basis dafür fehlt. Der Unterschied zwischen diskutieren und streiten ist nämlich das Fehlen von Respekt und Empathie gegenüber dem Anderen. Wer diese Fähigkeiten nicht in seinem Charakter besitzt, wird niemals diskutieren können, sondern immer nur streiten."

Ich schaue angewidert auf die gelbe Föhnfrisur und die verzerrte Streitfratze und mache den Fernseher aus.

„Es ist verschwendete Lebenszeit, sich sowas anzuschauen." Sage ich und stehe auf. „Lass uns in die Küche gehen und etwas kochen, worüber man weder diskutieren noch streiten muss."

„Jepp!" Ruft es. „Lass uns Lust und Liebe kochen!"

Ellenbogen-Alphatiere

Freunde sind nicht nur zum Spaß haben da, sondern auch mal zum Frust ablassen. Und so schüttete eine Freundin sich gestern aus, dass alle Kollegen ihrer Abteilung zu einem interessanten Workshop gehen – nur sie nicht. Weil der in einer Sprache stattfindet, die sie nicht beherrscht, alle anderen schon. Dabei können alle ganz hervorragend Englisch sprechen!

Ja, das ist natürlich ärgerlich, zumal es so aussieht, als sei ihre Ausgrenzung kein Versehen gewesen. Nun ist es für viele Frauen oft schwierig, sich gegen ein ganzes Rudel Ellenbogen-Möchtegern-Alphatiere mit Machoallüren und Karriere-Neid zur Wehr zu setzen und manches Verhalten muss man, bzw. frau, wohl einfach aushalten.

Aber es gibt auch die kleinen Dinge, mit denen sich die malträtierte Damenseele ein wenig Genugtuung verschaffen kann.

Als ich noch im Kinder-Op gearbeitet habe, sind uns ab und zu die Assistenzärzte mit ihrem „Oh, wir sind so tolle Ärzte! Wir sind Götter in Weiß!"- Gehabe ziemlich auf die Nerven gegangen. Es waren während meiner Zeit dort wirklich nicht viele, die meisten Herren waren schwer in Ordnung. Dies nur zur Verteidigung der Mehrheit.

Picken wir uns ein schwarzes Schaf heraus:

Er war einer dieser Aufschneider, ein Machosprüche-Klopfer, welcher (natürlich nur, wenn keiner unserer Oberärzte oder Stationsärzte anwesend war!) gern mal die Lernschwestern piesackte. Damit hat er sich direkt in meine Gefahrenzone begeben, denn ich war Schüleranleitung und die Küken standen unter meiner Fuchtel. Und somit auch unter meinem Schutz. Noch tiefer in Ungnade fiel er allerdings, als er sich wiederholt an unserem Kaffee gütlich tat und das, ohne vorher wenigstens mal gefragt zu haben. Dieser wirklich gemeine Mundraub ließ das Innere Ich explodieren und es sann auf fürchterliche Rache.

Gemeinsam mit unserer Stationsleitung unterhielt ich mich während eines Nachtdienstes über diese Unverfrorenheit und eine Woche später wusste Jede und Jeder im OP (außer den Ärzten, natürlich!), dass man heute den Kaffee aus dem Büro von unserer Stationsleitung trinken sollte, nicht jedoch den im Aufenthaltsraum...

Die Stations- und Oberärzte hätten sich ohnehin nie an unserem Wachgetränk vergriffen! Und tatsächlich: Zwei Stunden später war die Kanne leer, der Kaffeedieb hatte also wieder zugeschlagen! Was er allerdings nicht wusste war, dass in dem Kaffee Minirin war. Geschmacks- und geruchsneutral wird es in der Klinik als Medikament zum Ausschwemmen verordnet. Beispielsweise bei Ödemen, also Wassereinlagerungen im Gewebe.

Und – hui – das schwemmt auch bei diebischem Medizinpersonal das Wasser aus dem Körper und alle Nase lang lief der Assistenzarzt zum Klo, was während des Operationsbetriebes gar nicht so einfach ist, da steht man nämlich auch mal länger am Tisch. Er musste sich dann vom Oberarzt auch noch Häme wegen seiner „Konfirmandenblase" anhören und das ging meinen

Schülerinnen und mir natürlich runter wie Öl und wir grinsten alle ganz breit hinter unserem Mundschutz. Was für eine herrliche Genugtuung das für uns war, ihn so leiden zu sehen, kann man sich wohl vorstellen.

Das hat zwar im Nachhinein an seinem Machogehabe nichts geändert aber den Kaffee hat er in Ruhe gelassen oder tatsächlich gefragt!

Nur, um mich rechtlich abzusichern: ICH habe das Minirin nicht ins Getränk gemischt! Und das waren Anfang der 90er Jahre ja auch noch ganz andere Zeiten im Klinikbetrieb...

Das Innere Ich hat ein weißes Nachthemd an, Flügel auf dem Rücken und einen Heiligenschein über dem Haupt...

Examen – was wirklich wichtig ist!

Jakob hatte die letzten beiden Wochen die Halbjahres-Examen und die werden in dieser Schule sehr ernst genommen. Der Schuldirektor ist ein ehemaliger Militär-General und darum ist an der Schule nicht nur die Uniform Pflicht, sondern auch der Morgenappell.

Hierbei sitzen die Schüler pünktlich morgens um 8:30 in ordentlichen Reihen auf dem Fußboden der Eingangshalle und lauschen den Worten der „Hausmutter" Mrs. Sabah, welche über den aktuellen Tagesablauf informiert.

Anschließend werden die Schüler einzeln aus den Reihen zum Treppenaufgang beordert, wo sie von Lehrern auf Vollständigkeit der Lehrmittel in ihren Ranzen und der Schuluniform überprüft werden. Und sollten Bücher und Stifte fehlen, wurde gar der Hosengürtel vergessen, fehlt ein Knopf am Hemd oder ist die Krawatte schief gebunden, dann wird der Schüler zurück geschickt zu Frau Sabah und muss sich erklären und eventuell mit einer Zivilstrafe rechnen. Zum Beispiel die Tische nach dem Mittagessen in der Mensa abwischen, Mülleimer ausleeren usw.

„Dagegen waren die Schulsitten in den 50er Jahren in Deutschland ja geradezu locker." Bemerkt das Innere Ich und sieht aus, wie Professor Schauz aus der Feuerzangenbowle.

„Richtig." Erwidere ich. „Und darum ist es auch nicht verwunderlich, dass uns Eltern in Vorbereitung auf diese Examenszeit auch eine Liste in die Hand gegeben wurde, die das wirklich Wichtige aufzeigt."

Das Innere Ich grinst schon ganz breit, denn es hat die Liste bereits gelesen. Und damit der geneigte Leser dies nachvollziehen kann, schreibe ich hier die Liste mal ab und zwar in der Reihenfolge der Wichtigkeit, wie sie auf dem Handblatt steht:

Vorbereitung für das Examen

1.   Schüler müssen während der Examenszeit ihre offizielle Schuluniform tragen. Wenn dagegen verstoßen wird, dürfen sie eventuell das Examen nicht mitschreiben.

2.   Schüler müssen ihren Schulausweis bei sich tragen. Die ID-Card darf nicht beschädigt werden oder einen Manipulationsnachweis enthalten. (Das Innere Ich kichert: „Es sind im ganzen 10. Jahrgang 80 Schüler. Diese sollte ich als Lehrer kennen, wenn ich sie täglich unterrichte!"

3.   Die Schüler müssen gut gekämmt sein. Die Jungen einen gleichmäßigen, kurzen Haarschnitt. Die Mädchen müssen die Haare flechten und aufstecken, es sind nur schwarze Spangen und Haarbänder erlaubt.

Nee, ist klar! Am Allerwichtigsten ist nicht etwa das Wissen, welches den Schülern abgefragt werden soll oder ihre Schreibausrüstung, sondern die Uniform, der Ausweis und die akkurate Frisur! Das Innere Ich hat ein Hitler-Bärtchen unter der Nase und fragt scheinheilig: „An was nur erinnert uns eine solche Wichtigkeits-Skala?"

„Och, ich denke, darin sind so ziemlich alle Militärs gleich. Sonst funktioniert es ja auch nicht. Immerhin kann sich Jakob dadurch die Bundeswehr sparen, wo er solche Disziplin auch gelernt hätte."

Aber, guck mal an, auf Punkt 4 kommt schon, dass die Schüler eine halbe Stunde vor dem Examen da sein und sich melden müssen. Das ergibt wenigstens noch Sinn.

Punkt 5: Die Teilnahme an allen Prüfungen ist obligatorisch. Die Prüfungen können nicht nachgeholt werden.

Dann kommen noch Dinge wie `die Schüler dürfen nur die Gegenstände mit ins Klassenzimmer nehmen, die sie für die Prüfung brauchen` oder `die Federmappen müssen transparent sein` und man darf sich natürlich auch keinen Stift von einem anderen Schüler

ausleihen. Ach ja, die Wasserflaschen müssen natürlich auch durchsichtig sein... Könnte ja sein, dass ein Schüler sich Buchstabensuppe in die Flasche füllt und dann beim Aufsatz einen Vorteil hätte...

Das Innere Ich verwandelt sich in einen Lakritzbaum und meint sinnierend: „Meinst du, dass Schüler unter diesen Regeln ein besseres Examen ablegen? Nehmen sie die Veranstaltung dann womöglich ernster? Ist es vielleicht so, dass der Rahmen eines Halbjahres-Examen (welches eigentlich nur den mittleren Stand des Schuljahres überprüfen soll), ihm eine Gewichtigkeit gibt, die es eigentlich gar nicht hat?"

Ich denke einen Augenblick darüber nach und erwidere dann: „Es mag sicherlich viele Eltern geben, die ihren

Kindern das vermitteln. Ich kann mir auch gut vorstellen, dass viele Kinder so unter enorm hohem Druck stehen, denn nichts anderes vermitteln diese Regeln. Aber, dass die Kinder damit bessere Arbeiten abgeben glaube ich nicht. Denn richtig große Dinge entstehen im freien Geist und der passt nun mal in keinen festen Rahmen."

Nun ist es aber so, dass Jakob auf diese Schule geht und selbstverständlich hat er sich an alle (noch so dämlichen) Regeln gehalten. Und wir haben nicht nur einmal morgens gewitzelt, ob er denn wirklich gut genug gekämmt wäre, um am Examen teilnehmen zu können. Aber wir haben auch ganz viel gesprochen über die indische, englische und deutsche Kultur und die Gefahren, die gedankenloses Gehorchen mit sich bringen. Mir, als Mutter, ist ein mittelmäßiger Schüler mit aufrechtem Gang, freiem Denken, gestärktem Rückgrat, Toleranz und Herzenswärme auf jeden Fall lieber als ein Nazi-Schwein mit Abitur!

Feiertage

Vor ein paar Tagen hat mich Jemand gefragt, ob es hier in Bangalore auch Weihnachtsschmuck in den Malls gäbe. Jepp! Gibt es! Und dabei muss es zwangsläufig richtig kitschig zugehen, blinken und auf alle Fälle Töne von sich geben. Quietschende Rentiere aus weißem Glitzerplüsch zum Beispiel, die blinkende Lichterketten um die Geweihe gewickelt haben und einen pinkfarbenen Schlitten ziehen.

(Das Innere Ich hat einen roten Mantel an und füttert die Rentiere mit Buchstabensuppe.)

Aber da es nicht so viele Christen gibt, ist das wohl eher die reine Freude am Kitsch, als eine Zelebration dieses Festes.

Aber die Inder haben ja ansonsten auch alle Hände voll zu tun, ihre eigenen Feiertage zu begehen. In einem Land, in dem es so viele verschiedene Götter gibt, muss natürlich auch jeder Geburtstag dieser Götter gefeiert werden.

(Das Innere Ich hat einen bunten Kegel auf dem Kopf, eine Tröte im Mundwinkel und schmeißt mit Konfetti.)

Außerdem kommen natürlich der „Tag der Republik", der „Unabhängigkeitstag", das „Lichterfest", das „Holi-Fest" an dem mit Farben geschmissen wird, das „Ende des 10-Tage-Festes" oder „Gandhis Geburtstag" dazu.

Diwali wird im Herbst gefeiert und ist von der Wichtigkeit her ungefähr mit unserem Weihnachtsfest zu vergleichen.

(Das Innere Ich fängt an Weihnachtslieder zu singen, allerdings vertauscht es die Texte und singt „Morgen kommt der Weihnachtsmann" zu der Melodie von „Vom Himmel hoch, da komm ich her" – das hört sich verdammt merkwürdig an.)

„Da könnte man doch ein schönes Partyspiel für die nächste Weihnachtsfeier draus machen. Richtig singen kann doch Jeder, warum nicht mal gewollt falsch singen?" Schlägt es vor.

So kommen die Inder also auf insgesamt 15 Nationalfeiertage.

Und dann sind da ja noch all die Feiertage, die nicht im ganzen Land, sondern in verschiedenen Regionen gefeiert werden. Und da wird eben nochmal an 33 anderen Tagen Party gemacht!

„Wie viele sind es denn in Deutschland?" Fragt das Innere Ich.

Ich schaue nach und zähle: „Gesetzliche Feiertage gibt es 12 und dazu noch 7, die nur in manchen Bundesländern ein Feiertag sind."

Das Innere Ich guckt ganz und gar unschuldig und bemerkt: „Kein Wunder, dass in Indien alles so lange dauert. Die haben ja ständig frei…"

„Hm." Nicke ich grinsend. „Da ist was dran!"

Geburtstagsparty im Energiesparmodus

Es ist April. Hochsommer in Indien und tagsüber so um die 36 Grad. Und woran denkt man unter diesen klimatischen Bedingungen am wenigsten? – Richtig, an Winterdekoration und vor allem an Kerzen.

Ich hatte einige Leute zu einer kleinen Geburtstagsparty eingeladen und stand bereits ab 11 Uhr morgens in der Küche. Und das war gut so, wie sich später herausstellte. Denn so war das Essen komplett fertig, als es um halb 5 Uhr am Nachmittag dann zappenduster wurde.

Also nicht wörtlich, denn es war draußen ja noch nicht dunkel... Aber der Strom war weg und offensichtlich sprang der Generator draußen nicht an.

„Na, das wird ja eine wilde Party." Konsterniert das Innere Ich. „Alle sitzen im Dunkeln und ertasten ihren Nachbarn."

Kerzen! Dachte ich und fing sogleich an zu suchen. Aber bis auf eine magere Ausbeute von einem Leuchter mit sechs Stabkerzen und mickrigen 3 Teelichtern fand ich keine mehr.

„Vielleicht kommt der Strom ja gleich wieder?" Hilfesuchend nach Bestätigung blickte ich meinen Mann an, in seinem Gesicht war der Zweifel allerdings deutlich ablesbar.

Das Innere Ich winkte mit einer Gummiente: „Dann solltest du lieber jetzt duschen gehen, bevor es draußen dunkel wird und das Wasser im Boiler kalt ist." Hui, da hatte es Recht! Denn Nacht-Duschen mit kaltem Wasser hört sich nach ganz wenig Spaß an…

Zwischendurch kam mal ganz kurz die Energie zurück, um sich dann aber recht bald wieder zu verabschieden.

„Na, dann müssen wir halt die Gitarre rausholen und selber Musik machen!" Schlug das Innere Ich vor. „Und vielleicht haben unsere Nachbarn ja noch ein paar Kerzen."

Zum Glück behielt es mit den Kerzen Recht und so waren die Dunkelphasen während des Abends überhaupt kein Problem. Es entstand ziemlich bald der Running-Gag, wenn das Licht ausging: „Romantik-Alarm, bitte alle Pärchen küssen!" Nunja, es wurde viel geküsst an diesem Abend…

Aber die Stimmung war gut und die Leute hatten Spaß – auch ohne viel Licht und Technik.

Handwerker

Ich habe gerade ein ganzes Rudel Handwerker in meiner kleinen Küche! Zwei "Elektriker", welche eine Deckenlampe reparieren sollen, die gerade noch so an dem berühmten seidenen Kabel baumelt - aber immerhin noch leuchtet! Und zwei "Klempner", die der Wasserflut auf den Grund gehen sollen, die unter dem Küchenschrank unter der Spüle hervor tritt, jedesmal, wenn Wasser im Abfluss verschwunden ist. In dem Schrank selber ist alles trocken - von daher ein sehr mysteriöser Zustand.

Nachdem ich den Elektrikern eine Leiter gegeben hatte (wie schön, dass sie eine Deckenlampe reparieren wollen - aber keine Leiter dabei haben...), gab ich ihnen noch den kleinen Tipp, doch vor dem Beginn der Arbeiten vielleicht die Sicherung raus zu nehmen - und rettete ihnen damit vermutlich das Leben... Der Eine stand nämlich schon auf der Aluleiter und wollte tatsächlich an die blanken Kabel packen, währen die Lampe noch leuchtete!!!

Währenddessen hatten die beiden Flanscher-Profis ihre Freude mit den Wasserspielen. Der eine kippte oben Wasser ins Spülbecken und der andere gluckste vor Freude, wenn unter den Sockelleisten selbiges Nass wieder hervor kam. Nach zwanzig Minuten dieses wunderbaren Spieles drückte ich ihnen ein paar alte Handtücher in die Hand und sagte, es wäre jetzt doch mal eine tolle Idee, heraus zu kriegen, wo denn wohl der Fehler ist. Und, dass ich mich dann auch noch total freuen würde, wenn sie diesen Fehler beheben könnten...

Dann parkte ich Muffeez (meine Putzhilfe) in der Küche. Er soll größere Schäden an Mensch und Möbeln möglichst in erträglichen Grenzen halten und für eine saubere Küche sorgen, nachdem die Profis gegangen sind.

Vor zwei Minuten habe ich eine elektrische Säge gehört - mich aber nicht in die Küche getraut... Wenn sie aus dem Spüle-Schrank Kleinholz gemacht haben, ist das gar nicht schlimm, denn das Ding ist sowieso alt und schäbig und ich hätte eh gern eine Neue! :-)

Hundealarm!

Es war nachts um drei. Die Zeit, in der sich der Körper normalerweise in seiner Tiefschlafphase befindet und sich eigentlich vom Tagwerk erholen kann. Diese Nacht sollte mein Körper allerdings keine Erholung erfahren, denn eine Hundemeute von zehn bis fünfzehn Kötern lieferte sich direkt hinter der Mauer unseres Hauses einen erbitterten „Wer-kann-am-lautesten-Bellen" – Battle mit einer anderen Meute, die am anderen Ende des Wäldchens lauerte. Und die hörten nicht wieder auf! Es war ähnlich nervig wie diese Rap-Battles, bei denen sich die Rapper mit möglichst obszönen und erniedrigenden Versen beleidigen. (Und die Familien, wenn möglich, gleich mit! Diese Art von „Gesangs-Kunst" habe ich noch nie verstanden...)

Nach etwa einer Stunde durchgehenden Lärms packte das Innere Ich ein Maschinengewehr und drückte mit grimmiger Miene ein volles Magazin ein. Seine Absicht war glasklar.

„Hey!" Ging ich dazwischen. „Schon vergessen, dass ich es nicht passend finde, mit Gewehren auf Straßenhunde zu schießen?"

In den Augen des Inneren Ichs stand ein bösartiges Funkeln und es lächelte hinterhältig. „Hast Recht, das Gewehr ist völlig falsch." Sagte es, warf es in einen Busch und zog eine Panzerfaust heraus mit der es aus dem Haus stürmte. Es hatte einen nackten, mit Schmutz und Öl beschmierten freien, sehr muskulösen Oberkörper, olivgrüne Hosen, Springerstiefel und ein rotes, nicht mehr ganz sauberes Stirnband an.

Ich setzte mich im Bett auf und vergewisserte mich, dass ich mich in meinem Schlafzimmer befand. Gut, dass wir keine Waffen im Haus hatten, denn so langsam fühlte ich die Aggressivität des Inneren Ichs auch in mir aufsteigen. (Wenn man mal von meinen durchaus scharfen und gefährlichen Küchenmessern absieht und mehreren Nerf-Guns mit Schaumstoffpatronen)

Schlafentzug ist eben eine bekannte Foltermethode und holt die gemeinsten Reaktionen aus den hintersten Winkeln eines Menschen hervor. An Einschlafen war bei dem Krach einfach nicht zu denken und so vertrieb ich mir die Zeit damit, mir in möglichst blutigen Bildern auszumalen, wie ich die Bellmaschinen zu Goulasch verarbeite. Dieses wiederum mit Gift versetzte und damit die andere Meute fütterte. Anschließend labte ich mich am Anblick eines Berges von Hundekadavern, Knochen und Blutlachen und genoss die einsetzende Ruhe.

Das Innere Ich kam zurück, verstaute das Vernichtungsmittel mit einem zufriedenen Lächeln in einer olivgrünen Kiste mit der Aufschrift „Eigentum Rommel" und flüsterte: „Hör mal."

Ich hörte – nichts.

Die Kläffer hatten endlich aufgehört. Leider war es schon halb sechs und nach zwanzig Minuten klingelte mein Wecker...

Revolution in der Küche

Ich stehe in der Küche und möchte Popcorn machen, als Einlage für die Afrikanische Suppe, die es heute als Vorspeise geben soll. Nebenbei läuft im CD-Spieler eine Scheibe von Pe Werner und die erste Ladung Mais brennt an – trotz Schütteln.

Das Innere Ich hat ein „Lehrer-Lempel-Kostüm" an und sagt näselnd: „Das liegt an zu hoher Hitze und vermutlich dem falschen Topf."

Und dabei habe ich extra den Gusseisernen genommen, weil die Tipps in dem Internet-Rezept genau dies anrieten. Und ich habe sogar mit der Waage die einzelnen Zutaten abgemessen. Normalerweise koche ich nach Gefühl...

„Tja." Vermutet das Innere Ich. „Dann stimmt entweder etwas mit deinem Gefühl nicht oder es liegt an der Musik?"

„Bestimmt." Grolle ich. Ich werde jedesmal ärgerlich, wenn ich Lebensmittel in den Müll kippen muss – und wenn es nur 50 g verkohlte Maiskörner sind.

Wütend stapfe ich ans CD-Regal und tausche die verträumte Balladenkönigin gegen   „Ton, Steine, Scherben – Keine Macht für Niemand" und drehe meinen CD-Spieler in der Küche auf maximale Lautstärke.

Mein Mann, welcher gerade dabei ist die Kisten mit verschiedenen Glühbirnen zu sortieren, schaut erstaunt und macht dann vorsichtshalber die Küchentür zu, um nicht Gefahr zu laufen, von anarchistischen Textzeilen angesteckt zu werden.

Das Innere Ich hat einen bunten Irokesen-Schnitt, Nasenring und Zungenpiercing und rockt mit erhobenem Arm, an dessen Ende sich mit zwei Fingern das V-Zeichen reckt. Ich auch.

Neuer Topf, neues Glück, diesmal ohne Abmessen und nicht nach Rezept. Ausbrechen aus dem gesteckten Rahmen, die große individuelle Freiheit ausleben! Dagegen sein, sich vereinen mit anderen Andersdenkenden, die verkrusteten gesellschaftlichen Normen und Werte mit ihren spießbürgerlichen Doktrinen und Vorschriften aufbrechen und frischen Wind in die verstaubten bürgerlichen Wohnzimmer wehen lassen! Meine Küche gehört mir! Es lebe die Anarchie und willkommen Revolution! Die Welle der Freiheit erfasst mich und ich tanze um meinen Herd wie ein Indianer um sein Feuer.

„Äh", das Innere Ich lässt langsam den Arm sinken und schaut erschrocken drein. „Meinst du nicht, dass du jetzt ein ganz kleines bisschen übertreibst? Immerhin geht es nur darum, den Frust über eine verhunzte Ladung Popcorn abzulassen."

Ich werde ein kleines bisschen rot und gebe zu: „Naja, vielleicht. Aber eigentlich waren das die antreibenden Gedanken, weshalb diese Musik geschrieben und gespielt und auch mitgesungen wurde. Es war die Zeit der sexuellen Aufklärung und der Auflehnung gegen das eingefahrene Gesellschaftsbild und die Zwänge, unter denen viele Freigeister sich gefangen fühlten."

„Meine Küche gehört mir?" Grinst das Innere Ich. „Aber die Mehrheit der Bevölkerung konnte sich mit der Radikalität nicht so recht anfreunden." Das Innere Ich hat eine Bob Marley-Mütze in der Hand.

„Warum setzt du sie nicht auf?" Frage ich und das Innere Ich antwortet: „Dann nimmt mein Iro Schaden und in diesem Fall muss die Frisur sitzen, denn sie ist ein Statement."

Ich rühre beseelt den Zucker in das heiße Öl und kippe die Maiskörner dazu.

„Das war schon eine wilde Zeit, in den 70er und 80er Jahren. Und so unangenehm es sicherlich der breiten Mehrheit der Bürgerschaft war, die wilden Revoluzzer, die Hausbesetzer, Waldretter, Tempo-100-auf-Autobahnen-Befürworter und nicht zuletzt natürlich auch die Streiter für sexuellen Individualismus und Gleichheit haben doch eine Menge erwirkt."

Das Innere Ich hat einen schwarzen Anzug an und gibt zu bedenken: „Dieser Satz ist überhaupt nicht genderkonform! Es könnten sich Minderheiten benachteiligt fühlen."

Ich rolle mit den Augen. „Ja, vielleicht sind auch ein paar Dinge inzwischen einfach übertrieben und übers Ziel hinaus geschossen?"

In meinem Topf ploppt es munter und das Innere Ich hat einen Parker mit Anti-Atom-Stickern an und trägt ein Plakat auf dem steht: „Rettet den Wald!"

„Heute genauso aktuell, wie damals." Denke ich. „Aber haben die ganzen Demos und Kundgebungen,

Leserartikel und so weiter denn wirklich die Veränderungen bewirkt, die es ja dann tatsächlich gegeben hat? Oder wären diese Veränderungen durch bloße Vernunft in der Gesellschaft irgendwann auch ohne Demos und so weiter gekommen?"

„Uh", macht das Innere Ich, hat plötzlich die Haare von Rainer Langhans, eine Nickelbrille auf, trägt bunte Jeans mit seeeehr breitem Schlag und hat eine bunte Hawai-Tunika an. „Du, mit diesem Gedankengang machst du mich sehr traurig. Du verrätst damit die ganze Idee, wofür wir gekämpft haben. Und weißt du, so lange die Leute mehr nach dem Geld jagen, als dass die Umwelt und das Individuum Mensch geschont werden, braucht es uns Übertreiber, uns Anarchisten. Um wach zu rütteln. Um unangenehm zu sein. Störend und laut. Denn sonst bewegt sich nichts. Dann regiert nur das Geld und bleibt mit fletschenden Zähnen auf der Ist-Situation sitzen. Jede Bewegung braucht einen Antrieb, sonst herrscht Stillstand." Es nimmt einen tiefen Zug aus seinem Joint und schaut mich mit glasigen Augen an. „Freiheit und Gleichheit wird nie selbstverständlich sein. Man muss immer und immer wieder aufs Neue darum kämpfen."

Damit hat es wohl Recht. Mein Popcorn ist fertig und schmeckt herrlich. Wie im Kino in den 80er Jahren! Mit einem Lächeln stelle ich Rio Reiser samt Band wieder in das spießbürgerliche, nach Alphabet geordnete CD-Regal und flüstere ihm zu: „Bis zur nächsten Mini-Revolution."

Im Handschuhfach

Da habe ich doch neulich ein Informationsblatt in den Händen gehalten, auf dem stand:

„Wichtige Dinge für das Handschuhfach"

„Es gibt überhaupt keine offizielle Vorschrift dafür, was in einem Handschuhfach sein muss oder auch nicht." Sagt das Innere Ich wichtig.

Ich muss grinsen: „Kann es sein, dass es tatsächlich noch einen – wenn auch ganz, ganz kleinen – Raum gibt, der noch nicht mit Vorschriften gefüllt ist?"

Das Innere Ich ist neugierig geworden. „Was wird denn da nun vorgeschlagen?" Fragt es und liest: „Betriebsanleitung für das jeweilige Automodell."

Ich nicke zustimmend: „Das ist sinnvoll! Ich habe mal einen Mietwagen gehabt und es fing an zu regnen und ich habe den Scheibenwischer nicht in Gang bekommen. Das war vielleicht unangenehm! Im Blindflug am Straßenrand angehalten und dann das Handbuch bemüht. Seit dem schaue ich in jedem Mietwagen erst mal wie der Scheibenwischer angeht, bevor ich losfahre!"

Das Innere Ich liest weiter, es hat bereits eine leuchtend gelbe Warnweste an und baut das Warndreieck zusammen:

„Für Unfälle: Eine Wegwerfkamera, ein Maßband, ein Stück Kreide, ein Bleistift, bzw. Kugelschreiber, ein

Unfallbericht einer Versicherung und ein Unfallbericht des Europäischen Versicherungsverbands (fürs Ausland)."

„Okay..." Sage ich gedehnt. „Dann ist man aber auch schon als Profi-Unfaller unterwegs."

Das Innere Ich liest weiter: „Versicherungskarte. Notfallhammer inkl. Gurtschneider. Taschenlampe. Eiskratzer. Sonnenbrille. Straßenkarten. Lappen. Kotztüten. Taschentücher und feuchte Tücher. Scharfe Bonbons."

Es sieht langsam von dem Infoblatt auf und meint: „Gut, manche Dinge sollte man dabei haben, andere sind schön zu haben, wenn man sie gebrauchen kann. Bei den scharfen Bonbons hört das „must have" für mich auf. Aber was mich gerade vor allem beschäftigt: Wer, um Himmels Willen, hat denn ein so geräumiges Handschuhfach, dass DAS alles da hinein passt?!"

Manchmal muss es albern sein

Das Innere Ich ist der Meinung, dass an diesem Schreibtisch zu wenig gelacht wird. „Du bist viel zu verkopft! Im letzten Buch hattest du wenigstens mal ein paar Witze eingebaut, die du im Internet gefunden hast." Nörgelt es. Es wird ganz platt und schrumpelig und haucht: „Außerdem bin ich schon ganz ausphilosophiert! Ich brauche jetzt unbedingt ein paar humoristische Leckerbissen."

Und, weil das Recherchieren und das Überdenken und Nachdenken über philosophische Themen eine anstrengende Sache ist, gebe ich diesem Wunsch nach.

Es dauert nicht lange, bis ich eine Seite mit, zum Teil doch sehr übermütigen Sprüchen finde, die mir doch das Eine und auch andere Schmunzeln entlocken können.

„Los", fordert das Innere Ich quietschvergnügt, „schreib es auf, damit die Leser auch was davon haben.

Also bitte, viel Vergnügen:

- Tipp von der Großmutter an alle Frauen: Wenn euch ein attraktiver Mann begegnet, dessen Augen glänzen, dessen Lippen feucht sind und dessen heißer Körper bebt - Finger weg! Der Kerl hat Grippe!

- Zu Chips trinke ich immer Wein. Dann werden die Kalorien besoffen, torkeln durch den Magen und können sich nicht an den Hüften festhalten.

„Gewagte Theorie." Ergänzt das Innere Ich.

- „Ich war auf einer Polnischen Internetseite. Jetzt ist der Mauspfeil weg."

Das Innere Ich grinst: „Zum Glück hat da Jemand so gar keine Vorurteile…"

- Ich habe mich heute während des Zähneputzens auf die Waage gestellt. Die Zahnbürste, das fette Ding, hat schon wieder 3 Kilo zugenommen!

- „Selbstverständlich spreche ich ab und zu mit mir selbst. Hin und wieder brauche ich schließlich eine kompetente Beratung.

- „Wer kein Kopfkino hat, verpasst die schönsten Filme." Ich schaue das Innere Ich an und ziehe skeptisch die Augenbrauen nach oben. „Wage es ja nicht…" Droht es leise.

- „Okay!" Ruft das Innere Ich begeistert. „Das hier ist mein Lieblingsspruch!" Ich schaue genauer und da steht: „Wie gut, dass mich keiner denken hören kann."

Ich muss grinsen und sage: „Jaja, es reicht ja schon aus, wenn die Leute dich lesen können!"

Motten und andere Fragen

Ich sitze abends auf der Terrasse und beobachte, wie die Außenleuchte von Motten umschwirrt wird. Das Innere Ich beobachtet die Tiere ebenfalls und fragt:

„Motten stehen total auf helles Licht... Warum sind die Viecher dann nicht einfach tagaktiv, statt sich nachts in den Tod zu fliegen, weil sie in heiße Lichtquellen fliegen?"

Ja, warum eigentlich? Die Antwort: Weil das so ist! – Damit kommt man beim Inneren Ich erfahrungsgemäß nicht weit.

Und es drängelt und piesakt mich so lange, bis ich mich an den Computer setze und recherchiere, warum die Motten zum Licht fliegen.

Eigentlich, so lese ich, weiß man es nicht hundertprozentig genau. Aber die bisher schlüssigste Theorie ist wohl, dass Motten sich während des Fluges an den angestrahlten Himmelskörpern, also Mond und Sternen, orientieren. Das funktioniert auch, weil die Himmelskörper weit genug weg sind.

Der Mensch aber leuchtet nachts mit unnatürlichen Lichtquellen und da diese viel näher sind, verlieren die Motten die Orientierung und schwirren spiralförmig um die Lichtquelle herum, immer in dem Versuch, sich doch noch zurecht zu finden.

„Aha." Sagt das Innere Ich. „Sie haben sich an Mond und Sternen orientiert? Und was haben sie gemacht, wenn der Himmel bedeckt war? Oder in nordischen Ländern im Sommer, wenn es nicht dunkel wird?"

Ich suche im Internet, werde allerdings nicht wirklich fündig... Stoße aber bei der Recherche auf eine Seite, auf der Antworten auf Fragen gegeben werden, die sich interessant anhören.

Schon Aristoteles fragte vor 2300 Jahren, warum Menschen niesen müssen, wenn sie in die Sonne schauen, bei der Wärme des Feuers aber nicht niesen müssen. Das Innere Ich setzt sich sofort in die pralle Sonne, muss aber nicht niesen. Enttäuscht kommt es zurück.

„Nicht alle Menschen müssen niesen, wenn sie in die Sonne schauen." Lese ich vor. Und ganz sicher sind sich die Wissenschaftler da auch noch gar nicht. Zwei Meinungen werden aber von der Mehrheit vertreten:

1)   Die Erklärung für den Photischen Niesreflex, so hat ihn Henry Everett bereits 1964 genannt: Unser „Drillingsnerv", der Trigeminus, hat drei Äste: den Augenast sowie Ober- und Unterkieferast. Fangen wir nun über unsere Pupillen Licht ein und verarbeiten diese Reize zu Signalen, wird normalerweise der Augenast stimuliert. Bei manchen Menschen jedoch reagiert auch der zweite Ast, der des Oberkiefers - und der spielt eine entscheidende Rolle für unsere reflexhaften Bewegungen beim Niesen. Demnach wäre es also ein Kurzschluss in unserem Nervensystem, der uns niesen lässt, sobald wir in die Sonne schauen.

2)   Ein anderer Ansatz sucht die Erklärung im parasympathischen Nervensystem und geht von der

Generalisierung eines Reizes aus. So kann ein Reiz - in diesem Falle Lichteinfall - zu verschiedenen Reaktionen gleichzeitig führen, unter anderem zu einem kräftigen Niesen

Das Innere Ich stöbert weiter auf der Seite und meint: „Guck mal, darüber habe ich auch noch nie nachgedacht: Warum in den Fahrstühlen so häufig Spiegel sind."

Ich lese den Artikel und lerne, dass es nicht nur darum geht, sich kurz noch Haare oder Kleidung zu richten. Vielmehr werden Fahrstühle wesentlich weniger beschmiert oder sonstwie von Vandalismus heimgesucht, wenn der Täter sich bei seiner Tat selbst zuschauen muss. Außerdem ist die Chance, Taschendiebstahl zu bemerken, mit Spiegeln größer. Und Spiegel machen den Fahrstuhl optisch größer, was Menschen mit Klaustrophobie hilft.

Das Innere Ich (das ohnehin nicht gern Fahrstuhl fährt) steigt ein und befindet sich im Spiegelsaal von Versailles. Am Ende des immens langgezogenen Raumes spielt ein kleines Kammerorchester und zwei Paare erfreuen sich am Tanz. Ganz in der Ruhe und der Räumlichkeit dieser Szene versunken hat das Innere Ich komplett vergessen, dass es sich ja in einem Fahrstuhl aufhält und tippt mit dem Fuß gedankenverloren den beschwingten Walzer-Rhythmus mit. Es wirft dem Orchester aus der Ferne Flugküsse zu und winkt fröhlich den Tanzpaaren. „Pling!" Macht der Fahrstuhl und die Tür geht wieder auf. Das Innere Ich lächelt zufrieden und meint nur: „Geht doch!"

Spontane Begegnung

Dieses Jahr wird ganz sicher als Corona-Jahr in die Geschichtsbücher eingehen. Die meisten Expats, mit denen wir vor März befreundet waren, sind inzwischen wieder ganz in Deutschland und haben ihren Auslandsaufenthalt beendet. Entweder, weil ohnehin die Verträge ausgelaufen waren oder aber wegen dem Virus, das die ganze Welt lahm gelegt hat.

Im letzten Jahr hat man sich hier in Bangalore zum Beispiel zum Lunch getroffen oder abends im Nachbarcompound am Pool oder Jemand lud zu sich nach Hause ein. Auch das Schwätzchen im Supermarkt fällt jetzt weg, denn man trifft kaum noch Ausländer zwischen den Regalen.

Umso überraschter war ich heute, als ein solch seltenes Exemplar direkt vor mir durch die Regale tobte. „Sprich sie an!" Rief das Innere Ich aufgeregt. Und das tat ich denn auch. Erst auf Englisch und nach ein paar Sätzen stellte sich heraus, dass die Dame, im gleichen Alter wie ich, aus Österreich kommt. Und so freuten wir uns beide sehr, unsere Muttersprachen sprechen zu können.

Und offensichtlich stimmt da die Chemie, denn wir entdeckten direkt während unseres kurzen Gespräches weitere Gemeinsamkeiten. Wir sind beide Menschen, die mit einem handgeschriebenen Einkaufszettel durch die Gänge tänzeln und beide haben wir mit der modernen Technik so unsere Schwierigkeiten. Da standen wir nun im Gang und strahlten uns wie zwei Teenager kichernd an und störten uns nicht an den neugierigen Indern, die natürlich immer näher kamen, weil da zwei Ausländerinnen standen und ziemlich vergnügt miteinander tuschelten.

Das Innere Ich blühte auf und ließ sich mit einem vor Freude kribbelnden Bauch auf eine Blumenwiese fallen, welche über und über mit Blüten übersät war.

Selbstverständlich haben wir sofort die Kontaktdaten ausgetauscht und sie hat mir auch schon geschrieben und nächste Woche wollen wir uns treffen, denn sie wohnt von hier nur eine Viertelstunde entfernt. Dann haben wir die Jagd nach den Lebensmitteln auf unseren Einkaufszetteln fortgesetzt aber jede mit einem breiten Grinsen unter den Gesichtsmasken.

Auch Stunden später, bereits daheim und wieder im Alltagstrott, blieb dieses Glücksgefühl noch bestehen, welches eine solche überraschende Begegnung hinterlässt.

Wie gut es doch tut, Menschen kennen zu lernen, wo man es am wenigsten erwartet! Und wie selten und kostbar solche Momente sind. Durch so eine Krise lernt man diese Begegnungen ganz neu zu schätzen. Herzensschätze, die neue Freundschaft versprechen und Hoffnung auf soziales Leben.

Das Innere Ich kaut lustvoll an einem Lakritz und grinst: „Und in dieser ganzen Glückseligkeit hast du die Milch, wegen der du eigentlich überhaupt im Supermarkt warst, vergessen."

„Oh", stelle ich fest. „Dann muss ich wohl morgen nochmal zum Supermarkt. Aber weißt du was: Das war es wert!"

Mädels-Abend

Wenn man neu in einer Stadt oder einem Land ist, dann ist es wichtig soziale Kontakte zu knüpfen. Gerade in einem fremden Land muss man sich schließlich erst mal orientieren, wissen, wo es was gibt und ab und zu braucht man einfach auch Menschen um sich, mit denen man einfach nur quatschen kann.

Inzwischen haben wir hier auch einige Familien kennen gelernt, mit denen wir gern Zeit verbringen. Am letzten Dienstag habe ich deshalb um 18.00 Uhr zum Mädels-Kino-Abend eingeladen. Wozu haben wir schließlich ein Kino im Keller?! Gezeigt werden sollte der Film „Grüne Tomaten".

Das Innere Ich sitzt in einem ziemlich großen, ziemlich babyblauen amerikanischen Schlitten, schreit „Touwhanda!" und rast in einen quietschroten, geparkten Käfer. Dabei grinst es diabolisch und flüstert: „Das Geheimnis liegt in der Sauce…"

Da es vor dem Film eine kleine kulinarische Grundlage geben sollte, denn schließlich standen ein paar Flaschen Sekt kalt und wir waren wild entschlossen, diesen zu nutzen, hatte ich ein „Mädchen-Buffet" gekocht. Also kalorienarme Salate, Weißwürstchen mit Süßem Senf, Schweizer Wurstsalat, Käseplatte und natürlich: Gebratene Tomaten. Nach dem Rezept aus dem Film. Allerdings nicht mit Grünen, sondern mit roten, festen Tomaten.

Außerdem hatte ich rot-weiß-karierte Stofftaschentücher genäht und aus ihnen kleine Säckchen gebastelt. Darin befanden sich zwei Pralinen, ein Make-Up-Schwämmchen, Brausepulver und ein Badezusatz mit der Aufschrift „Du bist zauberhaft" und andere motivierende Sprüche. Außerdem erhielt jede Dame ein Mini-Honigglas als Andenken an diesen Abend. (weil in dem Film ja eine „Bienenbetörerin" vorkommt)

Das Innere Ich war ganz aufgeregt, wie die Vorbereitungen bei den Ladys ankamen und war ganz selig, als diese sich wie Bolle darüber freuten.

Nach einem kurzen Snack begaben wir uns zu acht dann ins Kino. Dort waren jede Menge kuscheliger Kissen, Süßigkeiten und Taschentücher welche auf uns warteten.

Nach kleinen Anlaufschwierigkeiten wegen minütlichem Stromausfall installierte der Herr des Hauses dann meinen Laptop, der den Film dann ohne Probleme auf der großen Leinwand abspielen konnte.

Hach, was für ein herrliches Gefühl, mit anderen Frauen zusammen einen emotionalen Film zu gucken! Das hatte ein bisschen was von diesem, ein bisschen geheimnisvollen, Zauber den damals die Übernachtungen bei Freundinnen hatten. So ein bisschen was von „wir sind eine eingeschworene Bande und teilen das große Geheimnis der Freundschaft".

Nach dem Film saßen wir noch eine Weile lachend und schwatzend am Pool, bis die Mücken die Damen zum Aufbruch stachen.

Das Innere Ich zog eine Braue nach oben und fragte: „Und du hast nicht zufällig das Gefühl, dass du gerade ein ganz kleines bisschen übertreibst?"

Ich zuckte mit den Schultern. „Nö. Bei mir hat sich das genauso angefühlt." Beharrte ich und erinnerte mich an die Verabschiedung der Mädels, die riefen nämlich: „Auf die Freundschaft und die Bienenbetörerinnen!" Und jede ging, bewaffnet mit dem kleinen rot-weißen Stoffbeutel als Trophäe, mit einem breiten Grinsen und rosigen Wangen nach Hause.

„Siehste." Ich deute auf die kleine Gruppe geballter Weiblichkeit. „Ich glaube, sie haben das Gleiche empfunden."

Peep-Show für Affen

Es stand mal wieder ein langes Wochenende an. Davon haben wir hier in Indien ja nun einige, weil es durch die vielen verschiedenen Religionen auch viele verschiedene Feiertage gibt.

Gar nicht weit von Bangalore liegt die Stadt Mysore und noch einmal weiter im Westen, im Gebiet Kerala, gibt es einen Nationalpark und wenn man diesen durchquert hat, kann man eine Kaffeeplantage und Gewürzfarm besuchen und dort auch übernachten.

Und zwar in Baumhäusern, welche auf 20 Metern Höhe in die Bäume genagelt sind. Durch unser Badezimmer wuchs also ebenso ein 40 cm Stamm, wie neben dem Kleiderschrank und durch die Terrasse.

Das Baumhaus war total schnuckelig eingerichtet und wunderschön – bewegte sich allerdings, wenn der Wind die Baumkronen hin und her wiegte und dann knarzte das Holz in den Bäumen und auch im Baumhaus ziemlich gruselig.

Und in einem sich wiegenden Bett zu liegen, daran muss man sich erst mal gewöhnen! (Vor allem, wenn man Höhenangst hat!)

Das Innere Ich hat sich in der ersten Nacht mit schweren Ketten an den Baumstamm angekettet, nur für den Fall, dass das Haus hinunter kracht und der Baum stehen bliebe.

Am Tag haben wir eine Jeep-Tour durch die Plantage gemacht. Der Fahrer erklärte uns viel über Kaffee und den Anbau. Ich hatte noch nie Kaffee live wachsen sehen. In Kerala erzählte man uns, dass er pralles Sonnenlicht überhaupt nicht mag und darum unter den höheren Palmen wächst. An den Palmen wiederum ranken sich die Pfefferpflanzen. Wie Efeu klammern sie sich an die Stämme und bilden überall ihre grünen Rispen. Selbstverständlich habe ich mir einige Rispen mitgenommen und in Bangalore getrocknet. Seit einigen Wochen würze ich jetzt mit selbstgepflücktem Pfeffer und das ist schon eine witzige Sache!

Ich dachte bisher, dass grüner, weißer, schwarzer und roter Pfeffer verschiedene Sorten sind. Das war aber ein Trugschluss, denn auf der Fahrt durch die Plantage erklärte man uns, dass es nur den grünen Pfeffer gibt. Wenn man ihn trocknet, wird er schwarz, fermentiert man ihn, wird er weiß und rot ist er dann, wenn er vollreif ist. Die roten Beeren müssen speziell behandelt und getrocknet werden, damit sie auch rot bleiben. Alle Pfefferkörner waren an der Pflanze jedoch einst grün.

Das Innere Ich hat eine Nickelbrille auf der Nase und einen „Lehrerstock" in der Hand und sagt: „Guck mal, wieder was gelernt." Und mahlt mit einer Pfeffermühle über sein Lakritzbrot.

Nach der ersten Nacht im schwankenden Baumhaus wachte ich morgens auf ging ins Badezimmer und als ich zurück kam, war Michel bereits wach und saß im Bett. Ich gab ihm einen Kuss und begann, meinen Schlafanzug über den Kopf zu streifen. Zufällig mit dem

Blick zur vollverglasten Terrasse, welche ungefähr anderthalb Meter von mir entfernt war.

Obenrum entblößt sah ich dann die Zuschauer: Vater, Mutter und zwei Kinder. Eine Affenfamilie saß nebeneinander aufgereiht auf der Terrasse und schaute fasziniert zu, wie ich mich auszog.

„Peep-Show für Affen!" Rief das Innere Ich und kugelte sich vor Lachen. Ich zeigte Michel die Besucher und er amüsierte sich ebenso wie das Innere Ich. Also setzte ich noch einen drauf, schwang die Hüften, während ich die Schlafanzughose langsam die Hüften herunter schob und sang dazu: „You can leave your hat on!" mit ziemlich rauchiger Stimme.

Was für eine überaus skurrile Szene: Eine knapp 50 Jährige, die vor einer Affenfamilie in 20 Metern Höhe in einem Baumhaus strippt, während sich ihr Ehemann vor Lachen das Zwerchfell hält...

Sonst ist es umgekehrt: Da stehen wir vor der Scheibe und schauen den Affen im Zoo zu! Hoffentlich hat dieses Ereignis in der Evolution dieser Tiere keine nachhaltigen Schäden zurück gelassen.

Zahlen zahlen...

Immer wieder werde ich darauf angesprochen, dass es doch Wahnsinn wäre, gerade während dieser Corona-Pandemie ausgerechnet in Indien zu leben. Weil doch ständig im Fernsehen zu sehen wäre, dass hier die meisten Infektionen stattfänden.

Das Innere Ich rollt mit den Augen, das ganze Thema geht ihm inzwischen tierisch auf die Nerven und es hebt ein Schild hoch auf dem steht: „Bin nicht zu Hause!"

Na gut, dann lassen wir es eben schmollen...

Nun muss man aber mal nüchtern die Zahlen mit ihren Hintergründen betrachten, bevor man angesichts der Zahlen in Zuschauer-Panik verfällt...

Indien ist das bevölkerungsreichste Land der Erde. Hier gibt es also mehr Menschen, als in jedem anderen Land. Und das ärmste Land obendrein. Das heißt, die Menschen, die in diesem Land leben haben pro Kopf weniger Geld als in allen anderen Ländern der Welt. Wenn man sich das ins Bewusstsein holt, dann kann man sich denken, dass der größte Teil sich keinen Krankenhaus-, ja nicht mal einen Arztbesuch, leisten kann.

Und jetzt fokussieren wir uns mal auf (beispielsweise) Mumbai:

Nach Delhi die bevölkerungsreichste Stadt Indiens.

Im Mumbai leben 23 Millionen Menschen. Mit knapp 28.000 Einwohnern pro Quadratkilometer ist Mumbai eine der am dichtesten besiedelten Regionen der Welt.

Zum Vergleich: Tokio und New York zählen jeweils rund 13.500 und 6.000 Einwohner pro Quadratkilometer, während Shanghai und Berlin eine Bevölkerungsdichte von 3.600 bis 3.800 Einwohnern pro Quadratkilometer haben.

Ganz extrem: Der Slum von Dharavi in Mumbai kommt auf unglaubliche 334.728 Einwohner pro Quadratkilometer.

Wir erinnern uns: Die Menschen sind arm, leben mit ganz vielen Anderen auf engstem Raum. Das sind die großen Hotspots, in denen das Virus grassiert.

In den abgegrenzten Wohnsiedlungen oder den Gegenden, in denen die gute Mittel- und Upperschicht wohnt, sind die Infektionszahlen ähnlich gering wie in Deutschland.

Man kann also die Situation auf eine traurige Wahrheit reduzieren: Wo es hohe Menschenzahlen gibt, zahlen eben diese den Preis der Armut.

Wir allerdings haben hier weniger Kontakt zu anderen Menschen, als in Deutschland und darum auch nicht gefährdeter, als wenn wir in good old Germany wohnen würden.

Reise nach Deutschland

Es war am Freitag, 8.Mai 2020. Wir hatten jeden Freitag Abend ein „Skype-Dinner" während der Ausgangssperre, bei dem wir uns per Laptop mit Bekannten in Bangalore trafen, welche ebenfalls nicht ihre Häuser verlassen durften.

Und bei diesem Treffen nun erzählte man uns, es gäbe noch einmal einen Rückholflug für Europäer von Bangalor nach Paris. Und von dort könnte man problemlos nach Frankfurt fliegen.

Gut, für Michel und Jakob kam das nicht in Betracht, wegen Arbeit und Schule. Außerdem waren beide total happy in dem Haus und wollten gerade auch gar nicht ausreisen.

Mir hingegen hat die Hitze und das Aufeinanderhocken zwar nicht wirklich viel ausgemacht, doch die verführende Aussicht auf den deutschen Frühling und das Alleinsein im Haus in Giengen waren zu groß.

Zumal ich in diesem Sommer noch einige Vorsorgeuntersuchungen und Zahnarzttermine hatte und wer weiß, ob man im Sommer überhaupt fliegen könnte…

Also hatte Michel mir in der Air France-Maschine einen Sitzplatz gebucht. Es gab allerdings nur noch einen in der Business-Class. (Was für eine angenehme Aussicht!)

Gebucht hatten wir am Montag Abend, das Ganze war also etwas spontan. Dann kam das erste Problem: Es war verboten, mit dem eigenen Auto zu fahren. Taxen fuhren allerdings auch nicht mehr nach 19 Uhr, ich musste aber um 21 Uhr zum Flughafen.

Zum Glück hatten wir Nachbarn, welche ein Formular in der Windschutzscheibe hatten, weil Evan (Amerikaner) den neuen Flughafen baute und daher stand auf dem Zettel: „Ich bin ganz wichtig und darf mit meinem Fahrer jederzeit und überallhin fahren!" Stempel von Regierung und Polizei daneben – und gut war die Kiste.

Also fuhr ich mit seinem Fahrer am Donnerstag Abend zum Flughafen. Bis hierhin ging alles nach Plan.

Bevor man in das Gebäude gelangte, musste man Zettel ausfüllen: Name, Adresse, wo kommst du her, wo willst du hin? Zwischenstopps? Flugnummern, Zeiten, Grund der Reise und dann eine Abfrage von Erkrankungen und Symptomen. Gut, dass ich mir einen ordentlichen Zeitpuffer eingebaut hatte, das Ausfüllen dauerte nämlich gute 20 Minuten.

Rein in den, sehr leeren, Flughafen. Es gingen in der Nacht nur zwei Maschinen, trotzdem dauerte das Anstehen beim Check-In und der Passkontrolle noch länger als sonst. Witzig war, dass ständig durch die Lautsprecher der Ermahnung an die Einhaltung der Abstände zueinander hingewiesen wurde. Hielt sich allerdings niemand dran. Weder die Fluggäste, noch das Personal oder der Sicherheitsdienst, der überall präsent war. Aber jeder trug Mundschutz.

Endlich am Gate stellte ich fest, dass total viele Kleinkinder dabei waren. Und selbstverständlich waren die meisten am Plärren, denn es war nach Mitternacht (der Flug sollte eigentlich um 1.15 Uhr abfliegen).

So, dann startete das Boarding und, wie immer, gingen erst Versehrte und Familien mit kleinen Kindern an Board. Und weil es 71 Kleinkinder (!!!) in dieser Maschine waren, hat es über eine Stunde gedauert, bevor wir an der Business-Class-Schlange auch mal einsteigen durften. Nun hatten diese Familien natürlich nicht nur ein Handgepäcks-Stück dabei, sondern in der Regel so viele Taschen, wie nur zu Tragen ging...

Infolge dessen war in den Staufächern natürlich kein Platz mehr und ich musste meinen Trolley vor meinen Sitz stellen. Na, machte ja nichts, war ja Platz genug...

Wir starteten mit einer Verspätung von anderthalb Stunden nach Paris. Die Geräuschkulisse war schaurig, legte sich aber irgendwann, die meisten Kinder sind relativ schnell eingeschlafen.

Aber es war kalt in dem Flugzeug. Richtig kalt! Auch mit einer zweiten Decke. Trotzdem konnte ich wenigstens ein bisschen dösen.

Was blöd war: Es gab kaum Verpflegung im Flieger. Beim Losfliegen bekam jeder eine kleine 200 ml Flasche Wasser und dann kamen die Damen erst eine halbe Stunde vor der Landung mit einem wabbeligen Brötchen, Kaffee und Tee vorbei. Ansonsten gab es nichts. Auch nicht auf Nachfrage!

Durch die Verspätung wurde es in Paris dann mit meinem Anschlussflieger nach Frankfurt knapp. Also bin ich mit meinem Trolley durch den pariser Flughafen gejoggt. Es gab keine Hinweistafeln oder gar Personal. Der Flughafen war gespenstisch leer. Auch keine

Geschäfte offen und auch die meisten Toiletten waren geschlossen.

Irgendwann stand ich dann am Gepäckband, ziemlich nassgeschwitzt, denn die Laufstrecke war lang.

Aber das Band stand und während die Uhr immer weiter lief und die Abflugzeit meines Fliegers nach Frankfurt immer näher rückte, blieb das Band auch weiterhin stumm.

`Okay, Flug ist wichtiger als Gepäck, das kriegst du irgendwie...` dachte ich mir und bin los, den Lufthansa-Check-In suchen. Natürlich im Dauerlauf.

Ich fragte dreimal beim Flughafenpersonal, wo ich diesen Schalter fände – und wurde dreimal in eine falsche Richtung geschickt. Ich joggte also 45 Minuten wie eine Irre durch die Gänge, bis ich – völlig durchnässt und tropfend – endlich an dem Schalter stand. Der Abflug war morgens um 10.35 Uhr. Ich stand um Punkt 10 Uhr am Check-In und der junge Mann dahinter sagte nur: „Madame, you are too late." Und ging!!!!! Und ich war nicht allein, wir waren drei Frauen, die alle die gleiche Jagd durch den Flughafen hinter uns hatten und der Typ lässt uns einfach nicht mehr mitfliegen!!!

Wir haben dann erst mal ein paar Tränchen fließen lassen, immerhin hatten wir vor dem Sport ja schon einen 11 Stunden Flug hinter uns, der nicht gerade entspannend war...

Dann riefen wir unsere Männer an und erfuhren, dass es am Abend um 18 Uhr nochmal einen Flieger nach

Frankfurt gäbe. Und in diesem buchten sie uns nun ein. Juchu.

Klitschnass und nur mit einer Strickjacke (die auch nass war) standen wir nun bibbernd am Flughafen. Es zog wie Hechtsuppe, denn alle Türen standen offen und die Eisheiligen hatten das Land auf frische 13 Grad runtergekühlt.

Es gab keinen Laden, in dem man Getränke kaufen könnte. Und wir hatten tierischen Durst. Nach einer kleinen Verschnaufpause spürten wir, dass die Füße langsam ob der Kälte taub wurden. Von den Händen gar nicht zu reden. Also zogen wir los, damit die Bewegung ein bisschen Milderung schaffte. Und entdeckten eine offene Toilette! Nicht, dass wir hätten pinkeln müssen: Aber da drin gab es Wasser! Und wir hatten Durst. So, zumindest dieses Problem war dann gelöst.

Wir machten dann alle halbe Stunde eine Wanderung durch den leeren Flughafen, zum Aufwärmen. Da war nicht mal Wachpersonal! Und bei einer dieser Erkundungstouren haben Angela und ich dann nahe des Bahnhofes am Airport einen Souvenirladen gefunden, der offen hatte!!!

Und dort gab es, wir haben gequietscht vor Glück, Hoodys (dicke Pullis mit Kapuze und Bauchtasche), Kappen und Socken! Alles natürlich fett bedruckt mit „I love Paris!". Aber das war uns wurscht – denn die Sachen waren trocken und warm!!!

„I love Paris!" war natürlich gerade völlig gelogen, denn wir fühlten uns so ganz und gar nicht wohl in Paris.

Skurril war, dass wir und dann in der großen Abfertigungshalle umgezogen haben und obenrum völlig nackig dastanden bevor der wärmende Hoody übergestülpt wurde. Es war ja keiner da und wir konnten uns auch gut vorstellen, dass an den Bildschirmen der Überwachungskameras niemand saß.

Und dann kam das Großartigste: In einer Niesche entdeckten wir einen Automaten, in dem es noch 2 Flaschen Wasser, 1 Orangensaft und eine Apfelschorle gab, zwei Snickers und eine Tüte Gummibären.

Wir setzten uns vor dem Gerät auf den Boden und legten unsere Münzen zusammen und es reichte tatsächlich, um alles zu erstehen. Was für ein Fest!

Natürlich teilten wir die Schätze mit der dritten Frau im Bunde und gaben die Gummibärchen an eine Familie mit Kindern weiter, die ebenfalls auf den Abendflug warteten.

Und endlich war es dann soweit: Boarding, Sicherheitskontrolle und es ging zu wie in einer Kaserne. Man achtete peinlich auf den Sicherheitsabstand und ich dachte nur: Wieso eigentlich, im Flieger sitzen wir auch wieder nebeneinander... Aber egal. Wir wurden also total schnell da durch geschleust und am Gate (natürlich wieder lange Wege) stellte ich fest, dass ich meine beiden Telefone nicht mehr fand. Und vermutete, dass ich sie in der Hektik bei der Sicherheits-Kontrolle in der Plastikwanne vergessen haben musste.

Also wieder zurück. Problem war: Ich fand den Weg nicht mehr. Keine Schilder, keine Leute, die man fragen konnte und ich verirrte mich in den Gängen. Irgendwann stellte ich mich sogar vor eine Kamera und rief laut: „Help! Please, I need somebody!" - Kam aber keiner. Ein deutliches Zeichen, dass hinter den Kameras tatsächlich keiner war...

Irgendwann kam eine Gruppe junger Männer, die die Lounge suchten und die konnten mir wenigstens sagen, wo der Security-Bereich ist!

Dort waren die Telefone allerdings auch nicht. Die Abflugzeit rückte näher, also joggte ich wieder ans Gate. Und war mal wieder schweißgebadet. Und total fertig. Angela meinte, ich solle meinen Trolley nochmal auf links drehen und so leerte ich den kompletten Inhalt auf dem Boden aus. Und siehe da: Eine Stofftasche flutschte um und die Telefone kullerten heraus. Gott sei Dank! Und ich war nervlich und emotional so am Ende, dass ich einfach Rotz und Wasser heulte. 5 Minuten und einer Packung Tempos später war dann Boarding.

Im Flieger war die Klimaanlage dann wieder so kalt, dass ich schon vor dem Abflug anfing zu zittern. Ich sagte der Stewardess, sie möge das doch bitte wärmer stellen. Und auch die Fluggäste um mich herum sagten, es wäre wirklich ziemlich kalt. Es tat sich allerdings nichts.

Auch meine Frage nach einer Decke wurde abgetan - hätten sie nicht, sei ja kein Langstreckenflug.

Gut, dachte ich, der Flug dauert nur eine Stunde, das hälst du aus.

Kurz vor der Landung kamen sie dann und verteilten wieder kleine Wasserfläschchen. Ich hatte zwar Durst, aber meine Finger waren inzwischen komplett weiß und ich konnte sie nicht mehr bewegen, also die Flasche nicht mal entgegen nehmen. Meine Zähne klapperten vor Kälte und ich spürte meine Füße nicht mehr.

Da meinte die Stewardess plötzlich: „Ja, aber sagen Sie doch einfach was, ich hätte Ihnen doch eine Decke geholt." - Es war Dieselbe, die ich danach gefragt hatte...

Da ging dann bei mir das Ventil auf und ich habe die Frau dermaßen angeschnauzt! Hat sie aber nicht interessiert, sie ist mit ihrem Wägelchen einfach weiter gegangen und ihre Kollegen hat auch nur sparsam geguckt...

Was gönne ich es der Frau, wenn sie betriebsbedingt entlassen wird!!!!!!!!!!!!!!!!

In Frankfurt habe ich dann meinen Koffer abgeholt und bin zum Sixt. Mietwagen abholen. Inzwischen war ich 28 Stunden auf den Beinen und nicht mehr ganz frisch. Der Mann am Schalter war Inder und freundlich und lachte, als ich sagte, ich käme gerade aus Bangalore. Dort wohnten nämlich seine Eltern. Wie klein die Welt doch ist...

Dann stellte sich heraus, dass Michel das Navi nicht mit gebucht hatte und es keinen Wagen in der Preisklasse gäbe, der eines hätte. Oh nein, ich brauchte aber auf jeden Fall Eines. Gerade die ganzen Autobahnen um Frankfurt und nach der Stresstour...

Da zwinkerte er und sagte: „Wissen Sie was? Wir zwei Hübschen, wir machen jetzt was Tolles: Ich gebe Ihnen einfach einen Wagen aus dem höheren Segment zum Preis, wie Sie es gebucht haben und der hat einen Navi."

Ich hätte ihn fast geknutscht!

Und so fuhr ich mit einer silbergrauen, flachen, seeeehr sportlichen Mercedes S-Klasse los. Und direkt hinter dem Flughafen stellte sich raus, dass die Auffahrt Richtung Würzburg wegen Bauarbeiten gesperrt war. Da hätte ich ohne Navi aber ganz schön alt ausgesehen!

So war es aber kein Problem und das Navi hat mich ohne großen Umweg einfach über die Südroute nach Giengen geführt, wo ich kurz nach Mitternacht endlich ankam!

Was für ein Ritt…

Wanderlust

Ich war im Sommer in Brotterode, eine lauschige, kleine Stadt in Thüringen am Rennsteig.

„Jaja, Rennsteig – da ist der Name Programm!" Lacht das Innere Ich. Das greift aber vor, darum erzähle ich die Geschichte mal von vorn:

Nach mehrstündiger Anfahrt kam ich also im Hotel an und, nach einem netten Plausch mit dem Hotelier fragte ich ihn nach einem geeigneten Wanderziel, denn ich müsse mich nach dem langen Sitzen im Auto jetzt dringend bewegen.

„Da gehen Sie am besten auf den Großen Inselberg. Da haben Sie eine tolle Aussicht. Es führen zwei Wege dorthin. Einmal der Panoramaweg, der ist von der Strecke her ein bisschen länger. Oder, wenn Sie rechts an der Kirche vorbei gehen, dann kommen Sie auf dem Weg auch kürzer ans Ziel, der ist allerdings steiler."

Das Innere Ich plusterte sich auf und auch ich beteuerte, dass „steil" überhaupt kein Problem sei. Ich wäre ja schließlich sportlich und überhaupt, ich bin ja im Harz geboren und hätte von daher das Wandern in den Genen! Und so alt, dass ich einen „Panorama-Weg" gehen müsste, wäre ich ja nun auch nicht!

Ja, ich habe die Klappe schon sehr weit aufgerissen... (Das Innere Ich flötet höchst unschuldig eine leise Melodie und, wenn man genau hinhört, dann ist es die Melodie des Liedes „Mein Vater war ein Wandersmann".)

Schnell noch den Koffer aufs Zimmer, die Regenjacke übergestreift und los! Das Wetter war eher kühl mit 16 Grad, kalter Wind wehte und dunkle Wolken drohten mit ein paar Tropfen unterwegs. Alles in Allem also perfektes Wanderwetter.

Selbstverständlich ging ich rechts an der Kirche vorbei und dann erst mal durch die Felder dem bewaldeten Inselberg zu. Mit ausladenden Schritten und dem Genuss an der flotten Bewegung war ich unterwegs, während das Innere Ich auf einem BMX-Fahrrad nebenher fuhr. Es hatte einen roten Kapuzenpulli an und vorne am Lenker war ein Korb befestigt, in dem saß E.T.

„Ist dir eigentlich schon mal aufgefallen, dass E.T. im Film geschrumpft ist?" Fragt es lauernd, während es in die Pedalen tritt und ein wenig vom Boden abhebt.

„Hä?" Frage ich wenig intelligent.

„Na, den ganzen Film über ist E.T. knapp größer als die damals 7jährige Drew Barrymore als Gertie. Aber diese Figur hätte nicht in den Korb gepasst, ohne, dass das Fahrrad vorn über gekippt wäre! E.T. musste kleiner sein und weniger Gewicht haben, damit das auf den Bildern `richtig` aussieht."

Ich muss grinsen: „Das ist mir echt noch nie aufgefallen. Und dabei habe ich den Film schon einige Male gesehen."

Es tritt weiterhin schnell in den Kettenantrieb und das BMX-Rad hebt ab und fährt, wie im Film über den Baumkronen des großen Inselberges in Brotterode herum.

Wenn man beim Wandern sein eigenes Tempo gefunden hat, dann ist es schier unmöglich, an der weiteren Geschwindigkeit etwas zu ändern. Es ist, als hätte man einen Tempomaten in den Beinen und der bleibt bei seiner eingestellten Geschwindigkeit. So erging es mir auch als die Steigung am Berg begann.

Das Innere Ich jappste ein paarmal: „Ey, mach mal langsamer!" Das ging allerdings nicht. Und so kam ich nach einer Dreiviertelstunde viel zu schnellem Aufstieg völlig fertig oben an.

Der Schweiß lief aus den Haaren übers Gesicht und tropfte wie ein Rinnsal aus den Ärmeln meiner Regenjacke. Die Muskeln zitterten völlig übersäuert, die Gelenke schmerzten und die Lunge brannte. Ich sah aus, wie aus dem See gefischt!

Das Innere Ich hängte sich ein paar Seegräser über die Ohren, die aussahen wie Ohrringe und ein Sträußchen Entenkresse steckte am Revers.

„Sehr witzig." Murmelte ich böse.

So konnte ich jedenfalls nicht in die Gastwirtschaft und mich dort erholen, bis der Körper wieder einigermaßen erholt für einen Abstieg war...

„Aber hier oben stehen bleiben kannst du auch nicht, der Wind ist so kalt, dass du morgen mit einer Lungenentzündung im Bett liegst!" Bibberte das Innere Ich und ich bemerkte, dass meine Zeigefinger bereits vor Kälte weiß wurden und ich kein Gespür mehr darin hatte.

„Es nützt nichts..." Meinte das Innere Ich gequält und zeigt mit dem Kopf auf den Weg, auf dem ich herkam.

Und so seufzte ich tief und machte mich dann auf den Rückweg. Der war durch das steile Bergab nicht weniger schmerzhaft als der Hinweg und so kam ich winselnd vor Schmerzen wieder im Hotel an.

Es war mir vollkommen egal, ob der Hotelier mich sah oder nicht, ich wollte nur noch ins Bett und meine Wunden lecken. Das war gegen vier Uhr am Nachmittag. Ich verließ das Bett bis zum nächsten Morgen nicht!

Und dann kam, was kommen musste: Der fieseste Muskelkater meines ganzen Lebens!!!

Alles wäre ja nicht so schlimm gewesen, hätte ich vorher nicht so die Klappe aufgerissen... So ertrug ich denn auch zwei Tage lang den hart erarbeiteten Spott des Hoteliers wie auch den der Freunde, die ich dort im Hotel traf...

Les Miserables

Vor ein paar Tagen war ich auf der Jagd nach einer Kohlensäurekartusche für meinen Soda-Streamer. Gerade in einer Zeit, in der es in Indien so heiß ist, muss man viel trinken und ich trinke halt lieber Mineralwasser mit Kohlensäure als ohne.

Das letzte Mal hatten wir die Gaskartuschen bei Amazon bestellt. Nur hatten die wohl ein Lieferproblem und die nächste Kartusche wäre erst in vier Wochen ausgeliefert worden. Das war nun ein bisschen spät. Also hat Michel hier in der Nähe eine Möglichkeit gesucht, wo wir die Metallzylinder auffüllen lassen konnten. Und tatsächlich! Nur 5 Kilometer entfernt – wunderbar. Den Fahrer geordert und ab die Post!

Das Geschäft lag ein wenig abseits der großen Straßen und dort wurde es richtig indisch. Die Straße war nicht geteert und die Häuser könnte man vielleicht noch liebevoll als „Bruchbuden" bezeichnen. Sie waren nicht größer als Garagen und hatten kaum Möbel. Da sie zur Straße hin offen waren, konnte man problemlos in ihre Stube gucken, in denen meist nur ein kleiner Gebetsschrein in der Ecke stand und ein paar Matratzen oder Decken auf dem Boden lagen.

In das Geschäft, in welchem ich neue Kohlensäure zu erstehen hoffte, führten ungefähr sechs Stufen nach oben. Und auf einer dieser Stufen saß, bzw. lag fast, ein Männlein, dessen Alter ich nicht mal annähernd schätzen konnte.

Er hatte weiße, längere Haare und einen ebensolchen, ungepflegten Bart. Sein Gesicht war so eingefallen, dass es eher an einen Totenschädel erinnerte, die Augen schimmerten trüb und gelblich.

„Guck mal, da kannste jede Rippe einzeln zählen." Wisperte das Innere Ich.

Die Oberschenkel waren so abgemagert, dass sie ungefähr so dick waren wie meine Arme. Er hatte sicherlich nicht jeden Tag eine Mahlzeit und vermutlich nicht mal ein Dach über dem Kopf. Wie er so halb sitzend, halb liegend auf dem Beton vegetierte, erinnerte er mich an den Roman von Victor Hugo „Les Miserables" – Die Elenden.

„Ich schäme mich so." Sagte das Innere Ich mit hochrotem Kopf. Meine einzige Sorge war, dass ich Blubber in mein Trinkwasser bekommen wollte. Und dieses klägliche Persönchen hatte vermutlich nicht mal Zugang zu sauberem Wasser!

Das Innere Ich wand sich, weil es sich so unwohl fühlte, so schuldig. „Wir fahren hier mit dem Auto vor und gehen an diesem vom Schicksal nicht gerade günstig bedachten Menschen einfach vorbei. Gib ihm wenigstens etwas Geld, damit er sich zu Essen und zu Trinken kaufen kann." Verlangte es.

Und das tat ich auch, denn mir floss vor Mitleid das Herz schier über. Ich gab ihm einen 200-Rupien-Schein. Das ist hier viel Geld – an einem der Straßenstände zahlt man für eine Mahlzeit zwischen 10 – 20 Rupien. Er nahm das Geld, bedankte sich aber nicht und lächelte auch nicht. Gut, musste er auch nicht, denn ein Geschenk schenkt man um des Schenkens Willen und darf dafür eben nicht mal ein Danke erwarten.

Als ich gerade weitergehen wollte, ertönte eine indische Musik. Ich hielt inne und schaute ihm zu wie er aus seiner abgewetzten Hose ein I-Phone von Apple (!!!) heraus holte und:

„Hello!" in das Gerät rief.

Es gibt unglaublich wenige Augenblicke in denen das Innere Ich mit herunter geklappter Kinnlade unfähig ist, auch nur einen Ton von sich zu geben. Dieser war einer.

Nach ein paar Sekunden hatte es sich aber wieder gefangen und meinte: „Bestimmt geklaut. Bestimmt von einem Ausländer!"

„Zum Glück hast du keine Vorurteile!" Erwiderte ich, fasste aber vorsichtshalber in die Tasche, in der mein Mobiltelefon war. Es war noch da.

In Würde altern

Seit ungefähr sechs Jahren walle ich mal stärker, mal schwächer vor mich hin. Ich habe mich damit abgefunden, dass die Zeiten der Jugendlichkeit und Attraktivität für mich vorbei sind. Inzwischen kann ich meiner Haut beim Zerfall regelrecht zuschauen und auch das trage ich mit Fassung. Selbst die Beobachtung, dass Busen und Hinterteil sich nach fast 50 Jahren des aufrechten Kampfes gegen das Alter der Erdanziehung geschlagen geben, sehe ich mit mutigem Auge!

Ich habe sogar akzeptiert, dass die Gesichtshaut an Farbe verliert und sich eher ins Gräuliche bewegt. Bitte sehr, mit alldem kann und werde ich leben und deswegen keine Träne verlieren.

Aber heute musste ich dann doch erst mal nach Luft schnappen:

Wir haben hier in Indien im April und Mai Hochsommer. Die Temperaturen liegen zwischen 35 und 38 Grad und es ist wahnsinnig schwül. Das hat zur Folge, dass ich literweise Wasser ausschwitze. Das ist ja primär auch gar nicht schlimm, ich habe genügend Küchenkrepp im Haus, um mir damit übers Gesicht zu fahren, bevor ich alles voll tropfe.

Gestern Abend allerdings deutete das Innere Ich auf das weiße Papier, welches ich gerade benutzt hatte: Es war rosa.

Ich nahm ein Neues und wischte noch einmal über die Stirn. Wieder rosa. Ich zeigte es Michel und er bestätigte, dass ich keine Halluzinationen hatte.

„Nilpferde schwitzen rosa, wenn sie Stress haben." Sagte das Innere Ich und stellte sich vor einen Ganzkörperspiegel. Es schaute ihm ein Nilpferd zurück.

Dann saß es plötzlich in Rockerklamotten mit Schlagring an den Fingern, Sonnenbrille und Heiligenschein über dem Kopf in einer Kirchenbank in Syrakus und sah der Madonna dort zu, wie sie blutige Tränen weint.

„Es gibt auch Menschen, die schwitzen Blut." Raunte es und entblößte die Zähne mit einem wilden Lächeln und zeigte dabei seine Vampirzähne.

„Ich stehe weder auf das eine noch auf das Andere." Gab ich zurück und starrte immer noch auf das Tuch in meiner Hand.

„Hoffentlich ist es keine ganz schlimme Krankheit. Was ist, wenn der Schweiß sich verfärbt, weil die Nieren versagen?" Sagte das Innere Ich angstvoll. Ja, hoffentlich.

Also setzte ich mich heute an den Computer und recherchierte, warum ich gerade zum Nilpferd mutierte. Die Antwort ist simpel, allerdings hatte ich noch nie vorher davon gehört:

Es ist eine Form der Chromhidrose. Passiert nicht allzu häufig – aber in Deutschland schwitzt man ja nu` auch nicht so viel wie hier...

Ab einer bestimmten Menge von Altershormonen lagert sich ein bestimmtes gelblich-braunes Alterspigment (Lipofuscin) in den Schweißdrüsen ab und verursacht die Chromhidrose. Je nachdem, wie hoch konzentriert sich das Pigment in den Schweißdrüsen ablagert und beim Schwitzen oxidiert, verändert der Schweiß seine Farbe in

rötlich

gelblich bis grünlich

bläulich

bräunlich bis schwarz

Zum Glück gibt es ansonsten keine Beschwerden oder Symptome und gefährlich ist es auch nicht. Es gäbe auch Medikamente, die eine Linderung verschaffen würden, doch jetzt, wo ich den Grund weiß, habe ich kein Problem mehr damit. Ist ja nur ganz zart rosa.

Jepp", stimmt das Innere Ich zu, „blau wäre schlimmer. Oder grün!"

Ich schüttel mich und werfe den rosa Lappen in den Mülleimer. Und da reden die Leute immer von „in Würde alt werden!" - Pffff…

Rattenschutz

Im November stellten wir fest, dass Ratten nachts die Holzstufe vor unserer Haustür angefressen hatten. Durch Recherchen kam heraus: Die markieren damit ihr Revier.

Ist ja schön und gut aber zum Einen sieht es einfach schäbig aus und zum anderen wird mir ganz unwohl bei dem Gedanken, nachts die Nager vor der Tür zu haben. Also bat ich im November (!) den Compound-Manager darum, einen Metallwinkel darüber montieren zu lassen. Ist ja eigentlich kein Hexenwerk.

Und es kamen auch bereits zweimal „Handwerker", welche sich dann von mir einen Zollstock liehen, um die Maße zu nehmen. Nur, dann passierte halt nichts. Auch nicht nach wöchentlichem Nachfragen. Am Anfang schrieb er noch: „Ich frage nach." Irgendwann kam überhaupt keine Antwort mehr.

Nun bin ich persönlich ja ein sehr geduldiges Wesen – ganz im Gegensatz zum Inneren Ich, welches irgendwann an seinen Ketten zerrte und mich nötigte, diese zu lösen.

Froh, das Problem nun selbst angehen zu können, orderte es den Fahrer, suchte sich im Internet eine Kupfer-Manufaktur und schon ging das Abendteuer los. Mit genügend Zeit im Gepäck ging es quer durch die Innenstadt und in Gebiete, durch die ich noch nie gefahren bin. Unser Fahrer, Mr. Amul, kommt aus der Gegend und hat mir, ganz nebenbei, sogar noch eine kleine Stadtführung gegeben.

Bewaffnet mit einer bemaßten Zeichnung enterte ich schließlich die Manufaktur. Der Pförtner fragte mich nach meinem Namen und das Innere Ich entschied sich für „Mary Poppins". Ich klebte dem Inneren Ich schnell ein Pflaster über den Mund aber „Mary" war schon draußen. So wurde „Mary" also beim Chef angemeldet.

Ich zeigte dem überraschten Manufaktur-Besitzer meine Zeichnung und erläuterte mein Problem. Er fühlte sich sichtlich unwohl, als er zugeben musste: „So etwas haben wir hier nicht."

Gut, das hatte ich mir schon gedacht. „Könnten Sie es denn anfertigen?"

Er wackelte mit dem Kopf. „Gut…" Meinte das Innere Ich gedehnt. „Das kann jetzt alles bedeuten…"

„Könnten Sie bitte mit Ja oder Nein antworten?" Fragte ich darum nochmal nach.

„Nein." Sagte er. Ich war inzwischen schon so weit, dass ich fast aufgegeben hätte, da rief das Innere Ich: „Lassen Sie uns doch mal gemeinsam einen Blick in die Werkstatt werfen, vielleicht sehe ich ja etwas, womit ich improvisieren kann!"

Fast widerwillig führte er mich daraufhin hinunter. Es hat keine zwei Minuten gedauert, da fand ich zwei lange Kupferlatten, mit denen ich prima arbeiten konnte. Ich ließ sie auf die gewünschte Länge schneiden und ging mit Big-Boss (der diesmal sehr erleichtert wirkte) wieder nach oben ins Büro.

Dort wollte die Sekretärin dann alle meine privaten Daten. Name, Beruf, Wohnort, Telefonnummern. Mary gab ihr eine erfundene Adresse und das Innere Ich lächelte verschmitzt, weil die Straße „Kartopu Main Road" hieß. (In der Kartopu sk. in Istanbul wohnt eine gute Freundin von uns).

Dann füllte sie per Hand 5 Lieferscheine aus, von denen sie mir 4 Stück mitgab... Irgendwann kam dann auch meine Ware, ich bezahlte bar und auf die Rupee genau und fuhr wieder nach Hause mit dem euphorischen Gefühl, etwas erreicht zu haben.

Heute nun wollte ich die Löcher durch das Kupfer bohren und die Platten antackern. Da wir nicht so viel Werkzeug hier haben und der Akkuschrauber nicht so viel Leistung hat, holte ich die große Schlagbohrmaschine aus dem Kasten. Gerade hatte ich den Bohrer festgezogen, da klingelte es an der Haustür. Der Kurierdienst schaute mich mit weit aufgerissenen Augen an.

Denn vor ihm stand ein nicht mehr ganz taufrisches Hausmütterchen im kurzen Sommerkleidchen mit einem 5 Kilo-Männertraum-Schlagbohrer im Anschlag...

„Nimm ihm das Päckchen ab und mach die Tür zu!" Wisperte das Innere Ich. Das machte ich auch, konnte mir aber nicht verkneifen einmal kurz den Starter der Maschine zu betätigen, so, wie ein getuntes Angeberauto ein paarmal das Gaspedal an einer roten Ampel tritt, um Aufmerksamkeit zu erregen. Während das Innere Ich mit einer Latzhose bekleidet „Bob der Baumeister" pfiff, schraubte ich in einer 5-Minuten-Aktion den Beißschutz an. Zack – erledigt!

Klimaanlage

Ist das zu fassen??? Wir haben im September eine Klimaanlage für das Wohnzimmer und mein Arbeitszimmer bestellt. Inzwischen ist es der 23. März und am Nachmittag fast unerträglich heiß, weil wir ja so riesige Fensterfronten haben.

Und plötzlich klingelte es heute Morgen an der Haustür: Tataaaaa! Da stehen vier Männer und möchten jetzt mal eben die Klimanlagen installieren. Selbstverständlich ohne vorherige Anmeldung oder gar so etwas Exotisches wie Terminabsprachen! Immerhin haben wir ein totales Glück gehabt, dass sie erst jetzt, um 13 Uhr geklingelt haben. Wir sind nämlich gerade mit dem Frühstück fertig und seit fünf Minuten angezogen, da wir erst nach 5 Uhr morgens im Bett waren. Michel kam mit der Nachtmaschine aus Deutschland und ich hatte Jakob um Mitternacht zum Flughafen gebracht. Das Innere Ich grinst breit: „Da bekommt der Begriff `Fliegender Wechsel` nochmal eine ganz neue Bedeutung."

Geplant war für heute ein Profi-Gammeltag mit größtmöglichem Bemühen um möglichst wenig Bewegung. Daraus würde jetzt wohl nichts, machte aber nichts, denn Handwerker-Geschichten sind bei meinen Lesern in der Regel sehr beliebt.

Sie kamen zu viert und man musste erst einmal feststellen, dass wir die Klimaanlage mitnichten auf Boden-Niveau montiert haben möchten, sondern oben an der Wand. Denn physikalisch ist es einfach ein

Gesetz, dass kalte Luft nach unten strömt und warme nach oben steigt – nicht umgekehrt!

Zum Glück hatte Michael noch Abdeck-Folien, die unsere Sitzmöbel im Wohnzimmer vor dem Bohrdreck schützen konnten. Aber so weit waren wir noch nicht! Nachdem nun festgelegt wurde, dass die Anlage über der Holzvertäfelung angebracht werden sollte, stieg einer der Männer auf unsere kleine Trittleiter und stellte mit Erstaunen fest: Die Leiter ist zu kurz!

Und nun stand man gute zehn Minuten zusammen und diskutierte eine längere Leiter herbei.

„Ob sie warten, dass die Leiter noch wächst?" Fragte ich und das Innere Ich antwortete lachend: „Vielleicht sollten sie sie mal gießen?"

Ich seufzte amüsiert und sagte: „Mal schauen, wann sie auf die Idee kommen, den Gärtner mal kurz um seine Leiter zu bitten…"

Das Innere Ich räkelte sich gemütlich in seinem Kinosessel und meinte: „Handwerker-Kino ist doch immer wieder ein sehr unterhaltsames Spektakel."

Nach zehn Minuten kam tatsächlich der Gärtner mit seiner Leiter und das Innere Ich klatschte begeistert Beifall: „Ein innovatives Problemlösungsteam!" Freute es sich und wartete gespannt, wie es nun weiter ginge.

Mit dem stolzgeschwellten Gesichtsausdruck eines millionenschweren Jachtbesitzers beim Anblick seines schwimmenden Kompensations-Spielzeuges, packte man nun die schwere Schlagbohrmaschine aus, denn schließlich musste ein großes Loch in die Hauswand geschlagen werden. Einer hielt die Leiter, Einer stand oben und bohrte, der Dritte hielt die Wand fest und der Vierte Ausschau nach Getränken. (Kleiner Spaß)

Zur Ehrenrettung der indischen Handwerker (das Innere Ich kichert bei diesem Satzanfang…) muss ich mal erwähnen, dass diese Truppe doch recht fachgerecht zu Werke ging! Bis auf das kleine Leiterproblem haben sie die Halterung für die Kaltmacherkiste tatsächlich mit Wasserwaage und richtigen Dübeln in die Wand getackert. Und das ist hier absolut nicht selbstverständlich! So, dass ich mir keine großen Sorgen machte, dass uns die Klimaanlage am Abend in den darunter stehenden Fernseher krachte.

Das Innere Ich kraulte sich genüsslich in seinem langen, weißen Bart und lächelte: „Wenn das alles klappt, dann kannst du dich mit deinem Mann heute Abend in Winterklamotten und Glühwein aufs Sofa setzen und Weihnachtslieder singen!"

Skin Tax

Ich hatte ja bereits berichtet, dass Ausländer in Indien generell mehr zahlen müssen als Einheimische. Sei es im Museum, wenn wir den doppelten Eintrittspreis zahlen müssen, im Zoo oder in der Riksha (hier heißen die ja nicht Tuck-Tuck, wie in Thailand).

Natürlich erwartet man auch in den Restaurants, dass wir ein gutes Trinkgeld geben, obwohl das Trinkgeld meist auf der Rechnung schon mit abgezogen wird...

Das Innere Ich malt sich schwarz an und ist der Meinung, jetzt hiesige Preise zahlen zu können.

„Vergiss es, du sprichst nämlich die Sprache nicht." Seufze ich und es steigt in eine Wanne mit Milch.

Vor ein paar Tagen war ich mit einer Freundin in einem „Öko-Restaurant" hier in der Nähe. Eine wunderschöne, kleine Oase direkt an der Hauptstraße. Mit schnuckeligen Lädchen, einem Öko-Einkaufsladen und einer Töpferei.

Das Restaurant führt eine Deutsche und das Innere Ich quittierte diese Information mit: „Klar, wenn ich Pläne zum Auswandern habe, dann wäre das bestimmt auch meine erste Wahl: Ein Ökorestaurant in Indien eröffnen!"

Wie auch immer die Dame auf diese Idee gekommen ist, muss ich bei ihr nochmal erfragen, das ist spannend!

Der Besuch im „Lake-View-Farmhouse" war wie ein kleiner Urlaub. Angenehm schattig, gutes Essen und leise Musik im Hintergrund, anregende Gesellschaft und humorige Gespräche ließen die Seele baumeln und die Zeit dahin rennen.

„Ist dir mal aufgefallen, dass es hier weit und breit keinen See gibt, den man von hier aus sehen könnte? Welche Knalltüte ist denn auf diesen Namen gekommen?!" Echauffiert sich das Innere Ich und sitzt mit einem Fernglas auf einer der Palmen, welche die Wege beschatten.

„Sowas ist hier nicht ungewöhnlich." Wende ich ein. „In Oak Ville gibt es ja auch keine Eichen. Hauptsache, der Name ist schön. Ob da ein logischer Hintergrund besteht, ist egal."

Als wir nach der Rechnung fragten, erzählte meine Freundin dann von einem Begriff, der beim Besuch ihrer Eltern hier in Bangalore entstanden war. Beim Handeln war der Herr Papa wohl der Meinung, er könne einheimische Preise erhandeln, wurde aber von der Tochter aufgeklärt: „Papa, bedenke, hier musst du immer Skin-Tax zahlen."

Also eine Hautfarben-Steuer. Witzige Idee, ich werde das ab jetzt auch so nennen.

„Ganz schön rassistisch." Murmelt das Innere Ich.

„Jepp." Gebe ich zu. „Hierbei handelt es sich allerdings nicht um eine Herabsetzung der Menschenwürde den Weißhäutigen gegenüber, sondern eher um die Erhöhung der Preise wegen Reichtum. Denn durchschnittlich sind die Weißen eben wesentlich betuchter, als die indische Bevölkerung. Und darum hadere ich auch gar nicht mit der `Skin-Tax`."

„Na gut, dann also Skin-Tax." Das Innere Ich lässt das Wort auf der Zunge zergehen, schnappt sich dann ein Wörterbuch und fügt den Begriff samt Erklärung dem Wortschatz hinzu.

Keine Zeit

Das ist jetzt das vierte Land, in dem wir uns für einige Jahre niedergelassen haben. Und viermal haben wir unser soziales Umfeld wieder von vorn aufbauen müssen. In China ging das sehr schnell, weil die Community noch nicht so wahnsinnig groß war. Man wurde sofort mit offenem Herzen aufgenommen und fand schnell Freunde, die zu einem passten.

In Sankt Petersburg fand sich die Clique auch sehr schnell und sie war in dem rauen Land eine wichtige Stütze, um sich wohl fühlen zu können. Die Russen waren ja nun mal nicht vor Freude überschäumend, wenn man ihnen als Ausländer gegenüber stand.

Auch in Istanbul hatten wir schnell einen Freundeskreis, auf den man sich freuen und verlassen konnte. Kinder, was hatten wir für coole Partys mit der verrückten Bande!

Hier in Indien gibt es eine sehr große Expat-Gesellschaft. Und dementsprechend auch viele Treffen und Events. Und so ist es gar nicht so einfach, ein paar Damen zum Kinoabend einzuladen, die haben nämlich kaum Zeit!

Auch an die Unart, eine Einladung zuzusagen und kurz vorher (oder auch einfach gar nicht) abzusagen, muss ich mich erst schwer gewöhnen. Irgendwie scheint da die indische Mentalität schon bei den Damen angekommen zu sein…

Ich denke, ich werde gut auf meine Zeitplanung achten, um mich vor einem überbordenden Terminkalender zu schützen. Zuviel Kultur tut schließlich auch nicht gut.

Klempner

Es klingelte an der Haustür und davor stand ein kleiner Mann, der so zierlich war, dass man den Eindruck hatte, die riesige Rohrzange in seiner Hand würde ihn vom Gewicht her umkippen lassen. Er nuschelte irgendetwas Unverständliches und so leise, dass es nur ein Flüstern war und das Innere Ich übersetzte selbstbewusst:

„Er ist der Klempner."

Barfuß kam er ins Haus (das machen die Meisten so) und ließ sich zeigen, was er reparieren soll. Das Waschbecken im Gästeklo ist windschief. Er drehte den Wasserhahn auf und testete, ob die Abflüsse dicht waren. Sie waren dicht. Dann besprach er sich mit Mufeez, unserer männlichen Putzhilfe und der übersetzte:

„Er meint, es ist alles in Ordnung." Das Innere Ich nahm sich Popcorn und zog sich eine 3-D-Brille auf.

Ich lächelte und sagte: „Nein, das Waschbecken ist schief. Und ich hätte gern eines, das gerade an der Wand hängt."

Aber gut, gehen wir erst mal zum nächsten Mangel. Neben den Toiletten ist an einem Schlauch eine abnehmbare Handbrause befestigt, mit der man nach dem Toilettengang die Schüssel ausspülen kann. Das erspart die Klobürste, die gibt es hier nämlich normalerweise nicht. An diesem Schlauch war nun die Metall-Ummantelung gerissen und der Plastikschlauch formte bereits eine bedrohliche Blase nach außen.

Hier wurde der Klempner direkt agil und drehte mit sachkundigem Blick das Wasser ab.

„Oh, ein Mann der Tat! Und – zack – Problem gelöst!" Lachte das Innere Ich und warf eine Handvoll Popcorn wie einen Konfetti-Regen nach oben.

„Ähem", sagte ich und deutete auf die schadhafte Stelle unter dem Brausegriff „ich möchte diese Brause aber benutzen."

Der kleine Mann sah mich mit dem Blick des völligen Unverständnisses an und erwiderte: „Aber dann müsste man den Schlauch auswechseln!"

„Ja, genau das ist ja auch der Plan."

Er schaute mich immer noch regungslos an: „Das kostet aber Geld."

Ich lächelte standhaft: „Ja, ich dachte mir schon, dass ich einen neuen Schlauch nicht mit Abtanzen bezahlen könnte."

Nächstes Problem: Ein undichter Anschluss in meiner Dusche. Jetzt konnte er endlich mit Fachwissen und dem Einsatz seiner überdimensionalen Rohrzange glänzen! Ein herzhaft angebrachter Ruck zog das verkalkte Ventil in die richtige Position und das Leck war trocken gelegt.

„Eine Heldentat!" Murmelte das Innere Ich und sah ehrfürchtig zu ihm auf.

Letzte Baustelle: Jakobs Dusche. Wenn man die aufdrehte, dann kam daraus Wasser, welches dermaßen stank, als käme es direkt aus dem Klärbecken der städtischen Abwasserwerke.

Also gut, Wasser marsch und Dusche auf – tatsächlich schwoll die Geruchsbelästigung wie aus dem Hinterhalt in die Kabine. Das sei aber nicht schlimm, sagte er, man könne sich damit trotzdem waschen.

„Wie bitte?" Dem Inneren Ich blieb einen Moment die Kinnlade offen.

Er winkte ab:In manchen Stadtteilen sei das noch viel schlimmer!

Das mag sein, trotzdem möchte ich nicht unter einem Wasserstrahl stehen, der nach Kacke riecht!

Nach einigem Hin und Her stellte unser Rohr-Professor fest, dass nur das warme Wasser riecht, das Kalte nicht.

„Pass auf, gleich schlägt er vor, dass Jakob und unsere Gäste einfach nur noch kalt duschen müssten, dann wäre das Problem keines mehr." Frotzelte das Innere Ich und dekorierte die Dusche mit Schneeflocken und Eiszapfen.

Aber nein, er überlegte und machte den (durchaus vernünftigen) Vorschlag, den Warmwasserboiler komplett leer laufen zu lassen und ihn sich mit frischem Wasser füllen lassen. Das Ganze mehrmals wiederholen, dann sollte es nicht mehr riechen. Gut, das probieren wir aus…

Nachtrag:

Das Waschbecken im Gästeklo hing übrigens bis zu unserem Auszug schief an der Wand! Irgendwann hatten wir uns ebenso daran gewöhnt, wie unsere Gäste!

Den defekten Schlauch habe ich irgendwann selbst repariert, weil trotz mehrfacher Zusagen und Nachfragen einfach Niemand diesen Schlauch gewechselt hat...

Schokoladen(alp)traum

Morgen bekommen wir abends Gäste und zwar sehr wichtige Gäste. Kollegen von Michel aus Deutschland. Am Wochenende eröffnete mir der großartigste Ehemann aller Zeiten, dass einer der Herren ein Feinschmecker ist, welcher öfter nebst Gattin in „guten Restaurants" tafelt und ein wahrer Genießer ist.

„Nur keinen Druck aufbauen!" Rief das Innere Ich spöttisch und klebte sich einen Michelin-Stern auf die Stirn.

Ich schluckte. Na, das nenne ich mal eine Herausforderung! Dann begannen ein fieberhaftes Überlegen nach der Zusammenstellung des Menüs, das Durchforsten von Rezepten und das Erstellen endloser Einkaufslisten. Es ist ja nun nicht so, dass ich überhaupt nicht kochen könnte, doch wenn es denn mal „ganz besonders gut" sein soll, dann werde auch ich nervös!

Nach zwei Tagen stand das Menü, ich hatte mich entschieden, etwas aus jedem Land zu kochen, in dem wir schon gelebt haben. Und die Idee für die Nachspeise habe ich aus dem Fernsehen bekommen, als ich zufällig zum Bügeln das ZDF anschaltete. Da erzählte ein Italienischer Restaurantbesitzer von seiner speziellen Nachspeise: „Espresso-Zabaione mit Walnusseis in einer selbstgemachten Schoko-Schüssel und Pistazien"

Das kam mir doch wie gerufen. Und er zeigte auch, wie es geht, sah super einfach aus!

Das Innere Ich kratzte sich hinterm Ohr. „Ich möchte nur sagen, dass ich von Anfang an skeptisch war…"

Betonte es in diesem Ich-habe-es-dir-doch-gesagt-Tonfall, der eigentlich nie irgendwas oder irgendwem nützt!

Da ich morgen einige Stunden am Herd stehen werde, habe ich also heute schon mal so einiges vorgeschnippelt und die Leinberger Sauce aufgesetzt, immerhin dauert die auch Stunden und belegt so morgen den Herd nicht mehr.

„Hast du deinem Mann eigentlich mal erzählt, dass da zwei Flaschen Rotwein rein kommen und Wein in diesem Land exorbitant teuer ist?" Fragt das Innere Ich völlig scheinheilig.

„Nein", erwidere ich, „das kann er ja später in diesem Buch lesen. Und dann sind wir vermutlich nicht mehr in Indien."

Nachdem ich die Küche schon einmal gereinigt hatte, denn das tu ich immer vor dem Feierabend, dachte ich noch, es wäre eine gute Idee, die Schokoschüsseln für das Dessert auch bereits heute zu machen. Dann können sie nachts im Kühlschrank gut fest werden. In dem Fernsehrezept hatte der Koch einen Wasserbomben-Ballon aufgeblasen, ihn in flüssige Schokolade (nicht heiß!) getunkt, auf einen Teller gestellt und ab in den Kühlschrank. Eine Minutensache – also los.

Das Innere Ich war ganz begeistert, denn tatsächlich schmolz die Schokolade im Wasserbad ohne zu gerinnen (was bei mir schon selten ist, weil ich zwar kochen – aber nicht backen kann!).

Dann nahm ich einen aufgeblasenen Ballon und tunkte ihn in die nur lauwarme Creme. Alles so, wie im Fernsehen.

Das Innere Ich freute sich so, dass das geklappt hatte, dass es Anlauf nahm und mit einem lautstarken Juchzen in eine Schokoladen-im-Wasserbad-Schüssel hüpfte.

In diesem Augenblick machte es einen lauten Knall. Der Ballon war geplatzt. Das Innere Ich krabbelte mit einer tropfenden Schokoladen-Hülle aus dem Topf und murmelte kleinlaut: „Tschuldigung…" Dabei konnte es ja gar nichts dafür.

Ich sah an mir herunter, dann durch meine Küche. Es ist geradezu bemerkenswert, wie weit und wie viele Tausend Spritzer ein mit flüssiger Schokolade ummantelter Wasserballon sich doch verteilen kann in diesem kurzen Moment!

Also gut. Warum? Die Untersuchung der Schokocreme ergab, dass ganz kleine Stückchen Organgengranulat in der Schokolade waren. Ich dachte, da wäre nur Orangen-Aroma in der Bitterschokolade, falsch gedacht. Die Dinger hatten scharfe Kanten und die haben den Ballon beim Drehen zum Platzen gebracht.

Frisch ans Werk: Küche putzen, umziehen, duschen, denn die Schokolade war wirklich überall!

Neuer Versuch. Creme durch ein Sieb, damit keine Stückchen mehr drin sind. Wasserbad und los geht's! Wieder zog ich den Ballon durch die zähe, braune Brühe. Diesmal schien alles in Ordnung. Das Innere Ich hielt vorsichtshalber die Luft an.

PENG!!! Es war der Moment, an dem ich mit meiner kostbaren Fracht auf dem Weg von Schüssel zu Servierteller war, auf den mein Kunstwerk gestellt und dann im Kühlschrank hart werden sollte.

Das Innere Ich sprang sofort auf, hielt mir abwehrend die Hände entgegen und rief panisch: „Diesmal bin ich gänzlich unschuldig!"

Ich atmete mehrmals tief ein und wieder aus und versuchte, nicht ganz irre laut das böse sch-Wort heraus zu schreien.

Es gelang mir nicht. Aber danach fühlte ich mich besser. Das Innere Ich auch.

Nachdem ich an diesem Abend zum dritten Mal die Küche geputzt hatte, mich zum zweiten Mal geduscht und umgezogen hatte, befand ich, dass ich entweder für Nachspeisen einfach nicht geschaffen bin oder die im Fernsehen einen totalen Blödsinn erzählt haben und sich innerlich schlapp lachen, wenn Hausfrauen das nachmachen wollen und ihre Küchen in Schokoladenspritzern ertränken.

„Vielleicht liegt es auch an der Qualität der indischen Wasserbomben?" Versucht das Innere Ich einen vagen Verteidigungsversuch.

Ich stopfe das letzte, vom Saubermachen braune, Küchentuch in den Abfalleimer und brumme: „Mir egal, morgen gibt es ganz normales Geschirr! Man muss ja nicht jeden Blödsinn mitmachen."

Das Innere Ich schiebt sich eine Lakritzstange in den Mund und sagt: „Sieh es mal so, immerhin bleibst du dir treu, denn eigentlich magst du eh keine Nachspeisen und das Machen derer sowieso nicht. Sollen dich doch die Kollegen so kennen lernen, wie du wirklich bist – ohne Desserts."

Recht hat es, dachte ich und schaltete das Licht in der Küche für heute aus.

Superlative

„Boah, die Inder sind aber auch manchmal richtige Angeber!" Ruft das Innere Ich erbost und deutet auf die Meldungen.

Da steht, dass es in Ladakh einen Berg gibt, in dem so kräftiger Magnetismus herrscht, dass sogar Autos von ihm angezogen werden und sich in Bewegung setzen. Ich schaue mir ein Video davon auf YouTube an und staune.

„Menschen mit Herzschrittmacher sollten diese Region auf jeden Fall meiden." Gebe ich zu Bedenken.

„In Indien wohnt die größte Familie der Welt." Liest das Innere Ich weiter. „Der Mann hat 34 Frauen und mit ihnen 94 Kinder." Es guckt mich mit großen Augen an und kommentiert: „Wenn die zusammen ins Kino wollen, müssen sie einen ganzen Saal buchen."

Ich zucke mit den Schultern: „Der Mann muss auf jeden Fall ziemlich reich sein."

Es hält einen Zeigefinger erhoben: „Oder aber, er lässt seine Frauen für sich arbeiten."

Und es geht weiter. Das Hindu-Fest „Kumbh Mela" ist mit 100 Millionen Besuchern die größte Veranstaltung der Welt.

Das Innere Ich wandelt Steine werfend um die Kaaba in Mekka und nuschelt: „Und ich dachte immer, dass wäre der Haddsch."

Ich recherchiere und erfahre, dass es in Mekka lediglich ein paar Millionen sind. Es schüttelt mich bei dem Gedanken, in einer Menschenmasse von 100 Millionen Leibern zu stecken!

Wo wohnen die nur für die Tage alle?! Und wie sollen so viele Menschen mehrere Tage verköstigt werden? Und wo hinterlassen sie ihre Ausscheidungen? Ich schiebe diese Fragen rigoros zur Seite, denn über manche Dinge will ich in diesem Land eigentlich gar nicht nachdenken…

Das Innere Ich kneift die Augen zu schmalen Schlitzen zusammen und sagt: „Vielleicht haben die Inder aber auch einfach an den Zahlen gedreht. Das kommt ja hier öfter vor, dass Dinge als `großartig`, `weltberühmt` oder `einzigartig` beschrieben werden, es bei näherem Hinsehen aber eigentlich gar nicht sind."

Dann lese ich eine Meldung, die so lächerlich ist, dass mir das Lachen fast im Halse stecken bleibt:

Eine indische Fluggesellschaft stellt nur kleine, dünne Flugbegleiterinnen ein, weil man durch das niedrigere Gewicht bis zu 500.000 US-Dollar pro Jahr an Kerosin sparen kann.

Das Innere Ich steht der Mund offen. „Und du bist sicher, dass sich da keiner einfach nur einen Scherz erlaubt?" Fragt es und reibt sich ungläubig die Augen.

Ich untersuche den Artikel und antworte: „Beweisen kann ich es nicht, der Autor macht aber eigentlich einen seriösen Eindruck.

„Wenn das Alice Schwarzer erfährt, dann kommt sie uns bestimmt hier mal besuchen. Und dann sollten sich die Fluglinien-Betreiber lieber ganz, ganz warm anziehen!" Grummelt es und liest die Geschichte vom Suppenkasper aus dem Struwwelpeter vor.

Luxus-Schlitten

Als wir in Russland lebten, fuhren sie tagtäglich Paraden. Die Reichen und Schönen schickten die Luxus-Autos mit ihren Chauffeuren durch die breiten Straßen der Sankt Petersburger Innenstadt. Man zeigte schließlich damit, wo man gesellschaftlich stand. Wir bildeten da eine Ausnahme, denn wir wohnten zwar in einer der teuersten Straßen der Stadt, waren aber mit Sicherheit die Einzigen, die mit einem Renault Kangoo durch die Gegend fuhren, welcher nicht einmal eine Metallic-Lackierung hatte!

Während unserer Zeit in Istanbul lebten wir in einem Compound, in dem ebenfalls keine armen Leute wohnten und auch dort begegneten uns diverse Bentleys oder Aston Martins (es war ja die Zeit, in der „James Bond – Spectre" im Kino lief) und andere heiße Schlitten, mit denen Mann zeigen konnte, wie groß der.... (an dieser Stelle weigere ich mich den Satz zu beenden, den das Innere Ich mir gerade diktiert hat und bediene mich der Selbstzensur!)

Das Innere Ich zischt irgendwas von „Feigling!" und „Weichspültexte für Mimosenleser." Aber ich beschließe, das einfach zu ignorieren.

Hier in Indien ist das nicht so.

Auf den Straßen gibt es sie nicht; die Lamborghini, Ferrari und Emily-Träger. Wäre auch schade drum, denn Kratzer und Beulen passieren bei dem Straßenchaos einfach ständig. Ein Auto (oder Riksha oder Mopet) ist hier Gebrauchsgegenstand und muss nichts hermachen.

Allerdings gibt es auch hier eine Oberschicht in der Gesellschaft. Wenn auch nicht so quantitativ wie in anderen, westlichen Millionenstädten - aber es gibt sie. Und die treffen sich denn auch mal an Orten, die etwas außerhalb der Stadt liegen, dort ist nämlich die Luft besser. Und man ist unter sich. Ein weiterer Grund ist, dass die Straßen frei sind.

So. Nun wohnen aber die meisten Reichen nun mal in der Stadt. Darum haben sie sich für ihre große Protz-Ouvertüre beim Treffen mit gleichgesinnten Geldausgebern im Golfresort eine Möglichkeit ausgedacht, wie man den großen Auftritt zelebriert, ohne dabei seinem PS-Schätzchen den Lack zu demolieren.

Wer sich nämlich eine Luxus-Limousine zulegt, der hat auch eine richtig große Garage. Denn nicht nur das Auto muss dort sicher untergebracht sein, sondern auch ein Transport-Wagen. Auf den wird das teure Gefährt geladen und sicher durch den indischen Verkehr bis kurz vor den Zielort gebracht. Dort ausgeladen, die Herrschaften steigen ein und kommen standesgemäß zum Treffen. Für die Rückfahrt geht das Ganze dann natürlich andersherum.

„Das Schöne daran ist ja, dass diese Wagen auch nach einigen Jahren nur einen ganz geringen Kilometerstand haben." Begeistert sich das Innere Ich und ich stimme zu: „Jepp, da kriegste dann nach 30 Jahren einen Oldtimer im Neuzustand mit unter 500 km Fahrstrecke. Da sind höchstens die Gummidichtungen porös…"

Das Innere Ich kratzt sich nachdenklich an der Schläfe. „Nun kann man sich aussuchen, ob man dies als `pfiffig gelöst` oder als `vollkommen dämliche Unnötigkeit` empfindet." Meint es.

Ich zucke einfach mit den Schultern und überlasse jedem Leser selbst, wie er diese Frage entscheidet...

Wohnzimmer-Zirkus

Vor drei Monaten haben wir Vorhänge bestellt, denn die Glasfassade im Wohnzimmer hat eine Fläche von 30 qm2. Und wenn die Sonne nachmittags da rein scheint, dann fühlt man sich, wie im Tropenhaus im Zoo. Es wird recht schnell recht warm.

Das Innere Ich hat längere, schwarze Haare, ist mit einem Lendenschurz bekleidet und schwingt schreiend von Liane zu Liane. Eigenartiger Weise sehen die Lianen ziemlich schwarz aus und sind in den Baumkronen schneckenartig gerollt...

Wir wurden Woche um Woche vertröstet, bis endlich mal zwei Männer mit Stoffmustern kamen, damit wir uns für den Sicht- und Sonnenschutz etwas aussuchen konnten, was uns gefällt. Eigentlich wünschten wir uns einen schlichten, nicht zu dicken Leinenstoff in einem hellen Beigeton ohne Muster. Sowas gibt es hier aber nicht. Alles ist gemustert und meistens auch noch mit irgendwelchen Brokat-Goldfäden durchwirkt und erdrückt einen schier durch bloßes Angucken. Aber wir fanden einen Stoff, der zwar gemustert ist, doch wenigstens weiß mit weißem Muster. Wunderbar, damit können wir leben!

Nun könnte man ja meinen, in einer Fabrik, die auf Vorhänge spezialisiert ist, bräuchte man nur die Maße und dann wird die fertige Ware nach ca. einer Woche geliefert.

Das ist in Indien offensichtlich nicht so. Wir haben noch locker drei Wochen auf die Auslieferung warten müssen. Bekamen ein Datum, an dem, wie so oft in Indien, niemand erschien. Zuerst war das Auto kaputt gegangen, natürlich auf dem Weg zu unserem Haus. Dann war der Stau auf den Straßen offensichtlich so immens, dass man es während des Arbeitstages leider nicht schaffen konnte, bis zu unserem Compound durch zu dringen. Komischerweise hat mein Mann für dieselbe Strecke an diesem Tag lediglich etwas mehr als eine Stunde gebraucht...

Ich habe jeden Tag angerufen und genervt und nach vielen weiteren Ausreden und Tagen klingelte tatsächlich heute Morgen Jemand an der Tür, strahlte wie der Weihnachtsmann und hielt zwei Pakete in die Höhe: Unsere Vorhänge!

Das Innere Ich rieb sich wundernd die Augen und murmelte: „Es geschehen Zeichen und Wunder auch!" Dann schaute es hinter den kleinen Mann mit den Paketen und fragte: „Gut, die Vorhänge hätten wir schon mal im Haus. Aber die Glasfront ist 6 Meter hoch, wie hängt er die Dinger auf?!"

Tjoa... Ich schaute zur Haustür hinaus, doch da war Keiner mehr.

„Vielleicht legt er die Sachen hier einfach erst mal ab und nach wenigen Wochen kommen dann Leute, die die Teile dann auch befestigen." Murmelte ich und das Innere Ich nickte resigniert. „Ich würde das jedenfalls nicht in die `Unmöglich-Schublade` stecken." Meint es.

Aber da hatten sie die Rechnung ohne unseren Compound-Manager gemacht, der nämlich zwei Gärtner mit einer Riesenleiter schickte! Übrigens Dieselben, welche unseren schönen Baum hinter dem Pool beschnitten hatten.

Sie versuchten erstmal, unsere Schiebetür zur Terrasse aufzuziehen. Erst der Eine, dann der Andere. Ging nicht auf. Verdutzte Gesichter, Ratlosigkeit, Kopfwackeln.

Das Innere Ich schlug sich mit der flachen Hand vor die Stirn. „Schieben!" Flüstert es. „Die Türen sind offen..." Sie klopften gegen die Scheibe, Michel öffnete die Tür.

Dann kam das nächste Highlight: Wie bekommt man mit drei Männern eine Leiter durch eine 2x2 m große Terrassentür? Das ist immerhin eine Öffnung von 4 qm2.

Das Innere Ich kichert: „Es gibt Leute, die leben auf dieser Fläche. Nennt sich `Tiny-House`"

Es entstand eine Diskussion unter den Männern, wie man eventuell-vielleicht das Steig-Monster in unser Wohnzimmer bekommen könnte und schließlich einigte man sich auf die logischste und einfachste Art: Waagerecht hineintragen und dann aufstellen. Erstaunlich...

Die Leiter ist übrigens aus Bambus und auch nicht wirklich gerade und sie stand genauso wackelig, wie sie aussah. Und das auf unserem blankpolierten Steinfußboden! Als der Gardinenmann die Sprossen erklomm schob ich die Gärtner darum unten an das Gerät und machte ihnen begreiflich, auf gar keinen Fall loszulassen, damit der Mann da oben nicht plötzlich einen meterlangen Diagonal-Flug über meine Sitzlandschaft erlebte!

Das Holz knarzte und quietschte, während er mitsamt dem kiloschweren Vorhang auf den obersten Sprossen stand. Das Innere Ich machte es sich mit Popcorn und 3-D-Brille auf einer Zirkusbank bequem und strahlte: „Eine Hochseilartistik ohne Seil, großartig!"

Mir wurde allein vom Zuschauen schon schummrig…

„Warum eine 3-D-Brille?" Frage ich. „Das passiert gerade live vor unseren Augen."

Das Innere Ich zuckt mit den Schultern: „Sieht cooler aus."

Dann klingelte ein Telefon und der Typ oben auf der Leiter griff in seine Hosentasche. Nun stand er also barfuß und freihändig auf der Wackelleiter, nestelte an den Ösen des Stoffes und telefonierte dabei auch noch!!!

Das Innere Ich applaudierte begeistert und ich rief entsetzt dem Mann zu: „Ey, Alter, steck das Telefon weg!" Auf Deutsch – aber er hat es verstanden und folgte der Aufforderung.

In Gedanken rief ich mir die Erste-Hilfe-Maßnahmen in Erinnerung und überlegte, ob ich genügend Verbandsmaterial im Haus hätte und wo genau sich das befand…

Zum Glück ist aber nichts passiert, außer, dass mein Blutdruck die ganze Zeit über vollkommen hyperton war. Das Innere Ich war seelig über eine zirkusreife Vorstellung im eigenen Wohnzimmer und ich einfach nur froh, als der Mann wohlbehalten von der Leiter gestiegen war und das Ungetüm von Leiter, samt den beiden Gärtner-Leuchten das Haus verlassen hatten.

Im Hinduismus gibt es um die 330.000 Götter. Ob man die nun alle braucht, da enthalte ich mich einer Meinung. Worüber ich aber schmunzeln muss, ist die Tatsache, dass eine Fehlbildung bei einem Säugling kurzerhand als Reinkarnation eines Gottes namens Hanuman angesehen wurde. Weil der kleine Erdenbewohner nämlich mit einem 18 cm langen Schwanz zur Welt kam. (Nein, damit ist nicht der Penis gemeint!)

Für alle Leser, die keine Ahnung haben, was für ein Gott Hanuman ist, kommt hier seine Geschichte:

Rama, der eigentliche Kronprinz wird durch intrigantes Eingreifen seiner Stiefmutter für 14 Jahre in den Wald verbannt. Währenddessen wird Bharata, sein Halbbruder und Sohn der Stiefmutter, zum König gekrönt. Im Wald verrichtet Rama, begleitet von seiner wunderschönen Frau Sita und seinem Bruder Lakshmana, zahlreiche gute Taten und vernichtet Dämonen und Ungeheuer.

Den Dämon Ravana kann Rama er allerdings nicht bezwingen. Dieser entführt mit Hilfe einer List Ramas Frau Sita und raubt ihm seine Liebe des Lebens und damit auch Glück und Freude. In seiner grenzenlosen Verzweiflung über diesen Verlust wendet sich Rama an Hanuman, den General des Affenheeres. Hanuman, der als Verkörperung des hingebungsvollen Dieners mit grenzenloser Loyalität und übermenschlicher Kraft gilt, vollbringt in seiner grenzenlosen Hingabe das Unmögliche. Er macht Sitas Aufenthaltsort auf Sri Lanka ausfindig, wo sie vom Dämon Ravana gefangen gehalten wird. Ohne über die (Un-) Möglichkeit nachzudenken, nimmt Hanuman Anlauf und springt mit einem Satz von Indien nach Sri Lanka, um Sita zu befreien.

Das Innere Ich verwandelt sich in einen Affen, springt mit einem Satz zum Mond, hält ein Megaphon an die Lippen und brüllt:

„Los, bete mich an!"

(Als Antwort erhält es meinen Zeigefinger, der an meine Stirn tippt...)

Skurriles Indien

Wenn man nun schon mal in einem fremden Land lebt, dann erfährt man darüber doch so Einiges, welches wohl sonst dem eigenen Wissen verborgen geblieben wäre. Es ist ein Land mit solch krassen Gegensätzen, dass das Innere Ich ab und zu nicht nur mit der flachen Hand vor die Stirn haut, sondern zwischendurch die Wände hochgeht oder gleich mit dem Kopf dagegen schlägt.

„Du sprichst von der ständigen Warterei? Oder der Unproduktivität der Leute? Der Unzuverlässlichkeit oder dem schamlosen Übertreiben oder auch Vertuschung von Gegebenheiten?" Fragt es und zieht eine Augenbraue herausfordernd in die Höhe.

Ich muss grinsen, denn all dies ist natürlich Alltag, an den man sich nur langsam gewöhnen kann. Vor allem, wenn man vollkommen gegensätzlich erzogen wurde!

„Nein." Antworte ich. „Ich meine Fakten, die nicht ständig in jedem Reiseführer stehen. Dinge, die amüsieren oder auch schockieren, die aber wahr sind."

„Zum Beispiel?" Fragt es interessiert.

„Zum Beispiel, dass 23.000 Menschen in diesem Land eine Sprache sprechen, die `Anal` heißt."

Das Innere Ich macht sich eine Notiz, dass es diese Sprache auf jeden Fall lernen will. Man stelle sich mal ein Gespräch auf einer Party vor, wenn dich Jemand fragt: „Und, welche Sprachen sprichst du?" - und du antwortest: „Deutsch, Englisch, Türkisch und Anal."!

Ich recherchiere weiter und finde: „Der älteste Nationalpark Indiens wurde nach dem Wilderer Jim Corbett benannt."

Das Innere Ich streift im Khaki-Outfit durch den Dschungel und legt die Flinte auf einen Panther an, während es flüstert: „Da hat man entweder den Bock zum Gärtner gemacht oder einfach das Prinzip eines Nationalparks nicht richtig begriffen."

Dann lässt es das Gewehr sinken und zuckt mit den Schultern: „Die Gefriere ist eh voll."

„In Indien wird der Kindertag am 14. November gefeiert, neun Monate nach dem Valentinstag." Lese ich weiter vor und das Innere Ich grinst breit: „Da steckt doch wenigstens mal System dahinter! Allerdings ist die Nachricht, dass in den letzten 20 Jahren laut Studien etwa 12 Millionen Mädchen abgetrieben wurden, ziemlich entsetzlich."

Wenn man sich die Armut der Menschen und die Tatsache, dass das Wort Gleichberechtigung hier keine große Bedeutung hat vor Augen hält, versteht man auch warum das so ist. Trotzdem ist dies ein gruseliger Fakt, der mir die Gänsehaut über den Körper jagt.

Das Innere Ich lenkt schnell ab und liest vor: „11% des weltweiten Goldvorkommens befindet sich in indischen Haushalten. Das ist mehr als die Goldreserven vom internationalen Währungsfond, Deutschland, den USA und der Schweiz zusammen."

„Das passt irgendwie gar nicht zu der ständigen Wiederholung der unsagbaren Armut und dem Hunger." Meine ich.

Das Innere Ich schnalzt mit der Zunge: „Gold kann man halt nicht essen."

„Apropos." Fällt mir ein. „Ich muss langsam mal in die Küche, sonst haben meine Männer heute nichts zu essen."

Tierischer Besuch

Ehegatte und Sohn sind heute mit dem neuen Auto zur Mall gefahren (verbotener Weise ohne Fahrer, hoffentlich geht das gut). Ich arbeitete meine Hausfrauen-Aufgabenliste für heute durch und war gerade am Punkt „Spülmaschine ausräumen", als mir irgendetwas durch das seitliche Sichtfeld huschte. Und es war grau-schwarz und hatte einen Schwanz.

Das Innere Ich schrie auf – ich auch und stob aus der Küche. Nicht, weil ich wirklich Angst vor Mäusen hätte. Ich hatte mich einfach nur so erschrocken!

Also versuchte ich meinen Mann anzurufen, damit er direkt aus dem Supermarkt Mausefallen mitbringen könnte. In der Küche haben die Tiere jedenfalls nichts zu suchen!!!

Er ging leider nicht an sein Telefon, also gut, dann eben per sms.

Anschließend ging ich wieder mit ganz vorsichtigen Schritten in die Küche, räumte mit spitzen Fingern die Maschine aus und bestückte sie neu. Es ist ein unangenehmes Gefühl, wenn man ständig erwartet, das Nagetier könnte wieder vorbei huschen…

Dann hatte ich eigentlich vor, das Chili con Carne vorzubereiten. Leider ist offensichtlich die Gasflasche alle, die mir Flammen auf die Kochfelder zaubert und da mir der Verschluss unbekannt ist, habe ich die Flasche nicht gegen eine Neue tauschen können. Den Service vom Compound konnte ich nicht anrufen, heute ist Feiertag und die haben alle frei.

„Vermutlich war das der Maus bekannt." Mutmaßte das Innere Ich und schüttelte sich.

Und während ich noch etwas unschlüssig am Herd stand, sah ich den ungebetenen Gast ein zweites Mal über meinen Fußboden laufen. Diesmal konnte ich es auch besser erkennen und dem Inneren Ich und mir stellten sich gemeinsam alle Haare am Körper auf:

Es war keine Maus, sondern eine Ratte!!!

Ich schnappte nach Luft und trampelte mit den Füßen laut auf den Boden, während ich mit den Händen gegen die Schränke wummerte, um nur ja laut genug zu tösen, um das Vieh zu verscheuchen.

Nach ein paar Minuten war der Puls wieder im Normalbereich und das Innere Ich meinte resigniert:

„Na, denn mal los zum fröhlichen Jagen!"

Ich ignorierte die Gänsehaut und antwortete tonlos: „Hallali…Man reiche mir das Horn."

Die Malediven

In den Herbstferien waren wir eine Woche auf den Malediven. Es gab einen Direktflug von Bangalore nach Male (das ist die größte Insel und gleichzeitig Hauptstadt) und der Flug dauerte genau so lange, wie von München nach Palma de Mallorca. :-) Wir haben also unser eigenes "Malle" vor der Haustür. Die Reisezeit betrug gerade mal sechs Stunden und zwar von unserer Haustür bis ins Hotelzimmer.

Leider touristisch genauso überlaufen wie die Balearen, überall Deutsche und Chinesen. Eines Abends beim Essen beschwerte sich ein Deutscher gegenüber seiner Frau, dass es für seine Nachspeise keine Caramellsauce gäbe. Sie erwiderte daraufhin, dass dort ein Bereich mit jeder Menge Saucen sei und er meinte eingeschnappt: "Ja, aber eben keine Caramellsauce!" Ich bin vor lauter Fremdschämen fast im Boden versunken!!! (Das Innere Ich lief dunkelrot an und ploppte in einen Abfluss.)

Das Wasser ist tatsächlich so blau, wie auf den Postkarten. Am ersten Tag war ich mit Michel und Jakob Tauchen. Obwohl ich es seit 13 Jahren nicht mehr gemacht habe, hat das doch ziemlich gut geklappt. Aber ich habe mich nicht über den Abgrund des Riffs getraut, das ist eine Kante und dann wirds nur noch dunkel und man kann nichts sehen, was aus der Tiefe kommt. Da hatte ich dann doch Bammel und bin lieber bei den bunten Fischen und den Korallen geblieben. (Das Innere Ich lag derweil faul auf einer Luftmatratze im Pool und ließ sich Cocktails mit kleinen Papierschirmchen servieren.)

Aber am meisten Panik habe ich vor Haien. Ich weiß, dass man das rational nicht erklären kann und ich weiß auch, dass die eigentlich scheu sind und Riffhaie sowieso nichts tun und so weiter und so fort. Ich habe trotzdem Angst vor Haien. Man hatte mir aber versichert, dass in den seichten Gebieten direkt am Strand nie ein Hai sein würde, also schnorchelte ich am dritten Tag allein los, während meine Jungs einen Tauchgang hatten. Im Wasser waren aufrechtstehende Betonröhren (etwa einen Meter Durchmesser) in den Meeresgrund eingelassen.

Zum Einen, damit keine Steine oder tote Korallenteile in den "Plantschbereich" kommen und der Sand unter den Füßen so herrlich samtig bleibt. Zum Anderen haben sich daran und darin ganz viele bunte Fische angesiedelt. Und genau dort schnorchelte ich. Bis plötzlich eine graue Schwanzspitze hinter einer Röhre aufblitzte. Ein Hai!

Das Innere Ich schrie wie am Spieß, mir selbst blieb jeder Ton im Hals stecken. „Schwimm!" Schrie es außer sich. „Schwimm!"

Das Tier war länger als ich und ich hatte Todesangst und schwamm so schnell wie möglich an den Strand. (Ja, ich weiß, falsche Reaktion, ich konnte das aber gar nicht steuern und habe auch nicht mehr denken können...) Auf einmal war er direkt neben mir, keine zwanzig Zentimeter von meiner Schulter entfernt, ich bin schier wahnsinnig geworden und das Innere Ich auch. Aber in dem Moment spürte ich den Sand unter meinem Bauch und da konnte er nicht mehr hin und drehte ab. Ich hatte einen Schock und habe noch 30 Minuten später gezittert wie Espenlaub!

„Soviel zu `die sind ja so scheu und kommen gar nicht an den Strand`!" Schimpfte das Innere Ich. Ich hatte morgens vor dem Aufwachen tagelang noch Alpträume von dieser Situation. Danach war für mich an Schnorcheln nicht mehr zu denken. Aber ich habe viele Stunden so richtig faul auf meiner Liege gelegen und gelesen. Oder bin rund um die Insel marschiert, was nicht lange dauerte, denn man war in 20 Minuten einmal herum. So war es auch für mich ein toller Urlaub.

Das Essen war von der Qualität wirklich sehr in Ordnung. Ein bisschen komisch haben wir aber geschaut, als wir uns am ersten Abend am Buffet anstellten: Es gab nämlich Schupfnudeln, Bratkartoffeln, Schnitzel und so weiter. Wie die maledivische Küche schmeckt, konnten wir leider die ganze Woche nicht probieren, da von Huhn süß-sauer bis Döner Kebab alles dabei war - nur eben keine Landesküche. Fand ich persönlich etwas schade - geschmeckt hat es uns trotzdem.

Jetzt dauert es gar nicht mehr lange, dann machen die Weihnachtsmärkte in Deutschland auf! Wir haben aktuell 27 Grad und irgendwie fühlt es sich so gar nicht nach November an. Langsam müssen wir uns mal Gedanken darüber machen, wo wir einen Tannenbaum erlegen können, den wir in der Adventszeit im Wohnzimmer schmücken können... Aber vermutlich müssen wir mit einem anderen Gewächs Vorlieb nehmen, ich habe zumindest noch keine Tanne irgendwo gesehen.

Vom Zauber des Unmöglichen

Ich war in meinen Winterferien zwei Tage in Stuttgart und besuchte dort einen Freund. Es waren rasante und lebendige Tage und ich habe die Gespräche mit ihm sehr genossen. Er arbeitet als Wissenschaftler in der Forschung und hat die wundervolle Gabe, die für mein Hirn hochkomplizierten Dinge und Abläufe so zu erklären, dass ich zumindest einigermaßen folgen kann. Irgendwann kamen wir auch auf die Feststellung, dass es schon viele Situationen gab, die unmöglich schienen und doch überwunden wurden. Und, dass etwas nur so lange unmöglich ist, bis der Erste es eben doch möglich macht.

Das Innere Ich liest aus einem Zitatebuch vor: „Mark Twain: „Sie wussten nicht, dass es unmöglich war, und deshalb haben sie es getan!"

Diesen Satz fand ich auch in einem Buch, welches ich geschenkt bekam: Der goldene Kompass. In ihm erzählt der Autor in einer geradezu halsbrecherischen Leichtigkeit von der Existenz verschiedener Parallelwelten zur selben Zeit und fiktiert eine Geschichte, wie man von einer in andere Welten gelangen kann und welche Auswirkungen das haben könnte.

Eigentlich ist es ein Jugendbuch aber das Innere Ich war nach den ersten Seiten direkt gefangen und hüpfte munter von einer Unmöglichkeit zur nächsten.

Wenn etwas „unmöglich" ist, dann ist das für einige Menschen vielleicht direkt uninteressant und sie befassen sich gar nicht erst damit. Wäre ja auch Zeitverschwendung, weil es ja nun eben unmöglich ist.

Andere Leute wiederum sind fasziniert von dem Unbekannten malen sich in Gedanken aus, wie es wohl wäre, wenn es eben nicht unmöglich wäre. Es ist ein berauschendes Gefühl, sich alles mögliche Unmögliche vorzustellen, denn es gibt Niemanden, der einen berichtigen kann. Sie können einen als Spinner oder Phantasten abstempeln aber beweisen können sie es nicht!

Und wieder Andere sehen darin die Aufforderung zum „jetzt erst recht!" und machen sich daran, das Unmögliche ins Mögliche umzuwandeln.

„Wie langweilig wäre es denn auch, sich stets mit dem abzufinden, wie man es im Leben vorfindet?" Meint das Innere Ich. „Es ist doch spannend, was alles Neues um uns passiert und, dass wir mit unserem Leben daran teilhaben können."

„Stimmt." Stimme ich zu. „Allerdings verliert die Unmöglichkeit ihren Zauber in dem Augenblick, in dem Jemand ihr das „Un" nimmt und es damit zur Wahrheit macht."

„Was ist mit dem Ausspruch: `Du bist einfach unmöglich!`?" Fragt das Innere Ich. „Das sagt man in der Regel mit einem schmunzelnden Kopfschütteln."

Ich denke einen Augenblick nach. „Vielleicht ist das in dem Moment auch ein kleiner Zauber, der von einer

Person ausgeht, die sich in einer Weise verhält, welche dem Betrachter als unmöglich oder unvorhersehbar erscheint."

Das Innere Ich gluckst beglückt und meint: „Dann war die Reise nach Stuttgart also ein zauberhaftes Erlebnis?"

„In der Tat." Sage ich fest. „Das war es!"

Scharf!

Heute war ich im Nachbar-Compound zu Besuch: „Palm Medows". Während dieser Compound seinem Namen alle Ehre macht, denn es sieht wirklich aus wie eine Palmenwiese, verwies das Innere Ich darauf, dass unser Compound, „Oak Ville", dieses Kriterium nicht erfüllt, da hier weit und breit keine einzige Eiche steht.

Das Innere Ich war gut gelaunt und so trabte ich mit meiner Fellumhängetasche und dem Rucksack fröhlich die Straßen entlang. Es war warm und sonnig, wir setzten uns dort an den Pool und ich lernte noch zwei weitere deutsche Damen kennen. Die Eine hatte nur flüchtig die Tasche gesehen, welche am Tischbein lehnte und meinte: „Oh, hast du deinen Hund mitgebracht?", erkannte dann aber den Irrtum und wir haben sehr gelacht. Damit hat meine Umhängetasche ihren Namen weg, ab sofort ist das „der Hund".

Es war eine wirklich fröhliche Runde und ich hoffe, die Damen noch öfter zu treffen, denn da stimmt die Chemie.

Das Innere Ich saß die ganze Zeit über am Pool und ließ die Beine im Wasser baumeln. Es kommt extrem selten vor, dass es nicht ständig dazwischen quatscht oder ironische Kommentare abgibt. Die Dame mir gegenüber hatte sich ein Reisgericht bestellt und wir stellten gemeinschaftlich fest, dass die Gerichte in den indischen Restaurants durchgehend scharf sind. Auch, wenn man extra „nicht scharf!" bestellt. Es empfiehlt sich also, immer eine Packung Taschentücher dabei zu haben, weil es einem beim Essen öfter mal die Tränen in die Augen treibt.

Zu Beginn der Mahlzeit meinte sie noch: „Och, das geht aber mit der Schärfe." Doch nach einer Weile wurden ihre Lippen ziemlich rot und auch die Gesichtsfarbe sah besser durchblutet aus. Ihren Aussagen zufolge wurde es mit jeder Gabel schärfer.

„Typisch Indien." Grinste das Innere Ich.

Und ich frage mich natürlich, ab wann indische Kinder mit der Chili konfrontiert werden. Ob bereits die Muttermilch scharf ist? Und wie ist das mit den Babygläschen? Ich werde auf jeden Fall morgen mal einen Feldversuch wagen und zwei Test-Babygläschen besorgen und probieren, was die indischen Babys so essen.

Kinder-los

Irgendwann kommt für die allermeisten Mütter der Moment, wenn die Kinder mit der Schule fertig sind und beschließen ihr Leben in die eigene Hand zu nehmen.

Ich hatte mich über ein Jahr lang ganz oft mit diesem Gedanken beschäftigt (und ja damals bei meiner Tochter schon geübt) und darum verlief der Abschied ohne großen Seelenschmerz.

Zumal Michel und ich ja auch noch die Gelegenheit hatten, dem Sohn sein neues Nest zu bauen – also seine WG zu renovieren, in die er eingezogen ist – und ihn dort gut aufgehoben zu wissen.

Corona-bedingt gab es keine große Abschiedsfeier in der Schule. Das war sehr schade, denn ich hatte mich schon gefreut auf diese Szene, wie sie in amerikanischen Filmen immer zu sehen ist, die Schüler im Talar mit dieser eckigen Mütze mit Bommel, welche sie dann gemeinsam in die Luft werfen...

Der Talar und die Mütze kamen per Post, waren aus billigstem Polyester in Spinatgrün und so schief genäht, dass das Innere Ich mutmaßte, die Näherin sei bestimmt besoffen gewesen.

Das war so typisch Indien: Einfach mal so tun – aber halt nicht wirklich gekonnt...

Wir mussten zuhause Photos von unserem Sohn in der Verkleidung machen und es gab dann von der Schule eine Video-Veranstaltung, bei der die erfolgreichen Schulabgänger dann gezeigt wurden, ihre Hobbys und dem nächsten Studien-Ort daneben. Selbstverständlich mit einer epischen Historien-Film-Musik im Hintergrund.

Und selbstverständlich saßen wir auf dem Sofa und weinten vor Rührung. (Sohn nicht – der fand es peinlich...)

Jetzt war er fertig mit der Schule. Jetzt musste er los. Sein eigenes Leben starten. Und wir waren bald unser Kind los.

Wenig später flog ich mit Jakob nach Deutschland. Er mit One-Way-Ticket. Das ist schon ein bedrückendes Gefühl, dieser Moment vor dem Loslassen! Einerseits das Vertrauen in das Kind, dass es das schon schaffen wird, immerhin hatte er 18 Jahre lang meine Erziehung genossen! Andererseits dieses „beschützen wollen", dieses Eingestehen müssen: „Der braucht dich jetzt nicht mehr!" (Letzteres kratzt allerdings eher am Ego als an der Seele...)

Jetzt würde also der Alltag anders werden. Das familiäre Zusammenleben zerbrechen, denn es wird kein gerade aus der Kuschelhöhle auferstandener, zerknautschter und mürrischer Junge gegen Mittag seinen Plünderkreuzzug zum Kühlschrank machen. Es werden keine Essensreste mehr in seiner Behausung wochenlang vor sich hingammeln. Es würden sich keine Socken oder Unterhosen mehr irgendwo im Haus finden und keine laute Musik oder mit Rufen und Kommentaren das Haus erschütternde Computerspiele mich nachts am Schlafen hindern. Ich würde mich nicht mehr darüber aufregen müssen, dass in der Schmutzwäsche gebügelte und zusammengefaltete T-Shirts liegen.

Keine fiesen Kommentare aushalten, die aus einem Mund ausgesprochen werden, der nur ganz knapp neben Ohren sitzt, die auf der Rückseite noch sehr grün sind!

Das Innere Ich hat eine Braue hochgezogen und den Kopf ein wenig schief gelegt und sagt leise: „Ja doch, das stimmt ja alles. Aber es gibt auch keine tiefe Jungmannstimme, die dir ein `Servus` in die Küche ruft. Und keiner, der am Tisch sitzt und lacht, während er mit seinem Vater ein Brettspiel spielt. Keiner, der euch am Fernseher mit `Daily dose of Internet` unterhält oder mit dir Diskussionen über das Weltgeschehen hält. Keiner, der Urlaubserinnerungen mit euch teilt. Keiner, der dich beim Heimkommen fragt, wie es war. Keiner, der beim Dekorieren für Feten mit anfässt oder dir einfach mal die Einkaufstaschen hochträgt. Keiner, der dich beim Dinner anstrahlt und dir sagt, wie gut es ihm geschmeckt hat. Und vor allem: Kein Jungtier, dass dir das Gefühl gibt, gebraucht zu sein."

Diesen ganzen Gedanken habe ich mich bereits ein Jahr vor seinem Auszug gestellt. Und habe gerade das letzte Jahr mit ihm sehr und ganz bewusst genossen. Ich habe ganz genau hingeschaut. Auf alle schönen – aber auch alle unschönen Momente!

Und so war dann das Loslassen auch gar nicht so schlimm, wie ich es befürchtet hatte. Sondern eher das Gefühl: „Jetzt ist es aber auch Zeit!"

Jetzt ist er bereits über ein Jahr ausgezogen. Und ab und zu fehlt er mir schon. Aber in solchen Momenten mache ich einfach den Kühlschrank auf und freue mich, dass alles noch da ist oder genieße es, dass ich mich über die Wäsche nicht ärgern muss...

Was lange währt...

Wer kein besonders geduldiger Mensch ist, sollte sich gut überlegen, ob er nach Indien ziehen will. Denn hier ticken die Uhren anders. Da stand zum Beispiel im Arbeitsvertrag meines Mannes, dass er ein Auto mit Fahrer bekommen sollte. Das hört sich im ersten Moment total elitär an, hat aber seine Notwendigkeit darin, dass durch das Chaos auf den Straßen der Weg zur Arbeit Stunden lang sein kann. Und diese Zeit kann er dann zum Arbeiten im Auto nutzen. Ein anderer Grund ist die Tatsache, dass es im Falle eines Unfalls meist zu Lasten des Ausländers geht und durch einen einheimischen Fahrer solche unangenehmen Situationen vermieden werden.

Soweit, so gut. Jetzt sind wir bereits ein halbes Jahr hier und (Trommelwirbel!) tatsächlich haben wir gestern ein Auto bekommen. (Der Fahrer kommt morgen und wir machen direkt mal einen Ausflug, um herauszufinden, ob er sicher fährt und man sich mit ihm verständigen kann...)

Nun könnte man ja davon ausgehen, dass es der Firma etwas peinlich sein könnte, ein halbes Jahr zu brauchen, bis der versprochene Dienstwagen in der Garage steht. Aber nein, ganz im Gegenteil, da wird sich in die Brust geschmissen und ein Brimborium gemacht, als würde man das einzige Auto Bangalores vergeben!

Michael wurde zum Behufe der Abholung zum Autohändler beordert und dort wurde das Fahrzeug mit allen seinen Funktionen und Besonderheiten (es ist ein Honda City – also nicht unbedingt ein außergewöhnliches Fahrzeug) ausführlichst erklärt. Dann gab es einen Stapel Papiere zu unterzeichnen, die locker dem Umfang der Versailler Verträge gleichkommen dürften. Und als all dies abgeschlossen war, kam es zur „Schlüsselübergabe". Dabei hat man ihm nun nicht einfach den Autoschlüssel in die Hand gedrückt (den kriegte ja eh der Fahrer), sondern einen riesengroßen Plastik-Schlüssel. Diese Übergabe wurde selbstverständlich fotographisch festgehalten, direkt gerahmt und ihm mitgegeben. In Indien ist halt alles etwas üppiger.

Silberhochzeit

25 Jahre sind wir jetzt verheiratet. Und statt eine große Sause zu machen, sind wir nach Goa geflogen und genießen die Zeit zu zweit.

Goa ist wunderschön und der Flug dauerte gerade mal eine Dreiviertelstunde. Angesagt war eigentlich ab Mittwoch Dauerregen für eine Woche, weshalb sich meine Vorfreude etwas in Grenzen hielt.

Aber die Wetter-Apps hatten sich geirrt und es war gestern und heute wunderschöner Sonnenschein! Selbstverständlich habe ich mir auch direkt einen Sonnenbrand geholt - man nimmt schließlich mit, was man kriegen kann. Da bin ich Schwabe: Dafür habe ich bezahlt, das wird mitgemacht...

„Ist ja nicht so, dass Michel dich nicht darauf hingewiesen hätte, dass es durchaus Sinn ergeben kann, nach der Tube mit der Sonnenmilch zu langen..." Frotzelt das Innere Ich und ich muss ihm zähneknirschend Recht geben.

Gestern lagen wir also abwechselnd am Strand und am Pool und zwischendurch haben wir geplanscht und gegessen - wir haben das als "Akklimation" deklariert und waren am Abend sehr zufrieden mit unserer Arbeit. Aber nach und nach wurden Beine und Arme tiefrot und ich verbrachte die meiste Zeit in der Nacht mit dem Kühlen meiner Extremitäten...

Am nächsten Morgen ging es dann bereits kurz vor 9 Uhr los zu einer Goa-Sight-Seeing-Tour. Mit einem deutschem Tourguide! Das war ganz toll. Wir haben viel über die Geschichte Goas, die Menschen, ihre Eigenheiten, Traditionen und Entwicklung erfahren. Das alles bei einem langen Spaziergang durch die Altstadt, die eigentlich Neustadt heißt, weil die alten Häuser früher mal woanders standen aber wegen der Pest versetzt wurden. Was für ein Aufwand!!!

Zwei christliche Hauptkirchen, einen Tempel und eine Moschee haben wir auch besichtigt.

Und dann ging es auf eine Gewürzfarm, dort machten wir einen Rundgang und haben Zitronengras, Zimt, Muskat, Bethelnüsse, Ingwer, Lorbeer und Kurkumapflanzen in ihrem natürlichen Habitat erlebt.

Und erfahren, dass in jedem Cashew-Apfel (sieht wirklich aus wie ein Apfel!) nur eine einzige Cashew-Nuss sitzt! Darum gibt es in Goa riesige Plantagen mit Cashew-Bäumen.

Um das Fruchtfleisch nicht verwerfen zu müssen (ist ähnlich schmackhaft wie rohe Quitten), machen sie daraus Schnapps, den Feni-Schnapps. Er ist Exportschlager Nummer 1. Michel hat ihn probiert und war auch ganz angetan, weil er so herrlich fruchtig sei.

Das Innere Ich schüttelt sich: „Was bin ich froh, dass du so ein Zeug nicht anrührst!"

Und dann gab es noch ein Essen mit regionalen Gerichten und für uns extra nicht scharf.

Jetzt sind wir ziemlich kaputt, die schwüle Hitze und das viele Laufen fordern ihren Tribut. Die Tour hat 8 Stunden gedauert...

Das war zwar kein hoch-romantischer, mit Herzchen und Rosenblüten übersäter Hochzeitstag – aber einer, der auf jeden Fall im Gedächtnis bleibt!

Auf den Hund gekommen

Seit über drei Jahren haben wir einen Fahrer, Amul. Ein sehr netter, ruhiger und hilfsbereiter Mann. Pünktlich, verlässlich und er hupt nicht! Was in Indien sehr selten ist!

Im Sommer 2022 hat er Michel in der Nacht zum Flughafen gebracht. Und weil er nicht weit vom Flughafen entfernt mit seiner Familie wohnt, sagte Michel, er könne das Auto gern mitnehmen und am nächsten Tag dann zurück bringen.

Das tat Amul auch, holte auf diesem Wege noch seine Frau und seinen Sohn ab, die Verwandte besucht hatten.

Als die Familie losfuhr hoppelte es gewaltig und es stellte sich heraus, dass sich ein Straßenhund wohl zum Schlafen unter das geparkte Auto versteckt hatte. Nun hatte sich der Schlaf auf die Ewigkeit ausgeweitet – der Hund war tot.

(Im Nachhinein vermutet das Innere Ich, dass der Hund bereits tot war und dort absichtlich plaziert wurde!)

Das hatte eine Nachbarin mitbekommen und fing nun ein großes Zeter und Mordio (was für ein an dieser Stelle passendes Wort!) an. Sie rief die Polizei und damit fing der ganze Ärger an.

Die Gesetzeslage ist nämlich so: Wenn man einen Straßenhund überfährt, dann muss man eine Geldstrafe von 50 Rupien bezahlen, das sind etwas über 50 Cent.

Überfährt man aber einen Hund, der Jemandem gehört – also ein Haustier, dann geht man für 5 Jahre ins Gefängnis!!!

Und die Nachbars-Hexe war nun der Meinung, dieser Hund würde Jemandem gehören. (Das stellte sich später als Lüge heraus – aber soweit sind wir noch nicht)

Für den armen Amul begann nun ein wochenlanger Spießrutenlauf und Behördengänge, ein paar Nächte in einer Gefängniszelle und jede Menge Sorgen um seine und die Zukunft seiner Kinder.

Die Hexe zeterte weiter gegen ihn in den „sozialen" Medien und erreichte damit, ohne Quatsch, dass Amul von der Firma entlassen wurde.

(Das Innere Ich fragt sich fassungslos, wie es sein kann, dass eine Weltfirma wie Bosch vor einer indischen, intriganten Hausfrau (!) so einknicken kann!!!)

Michel, von Deutschland aus, konnte gegen die Entlassung nichts ausrichten, hat aber zumindest Amul vor dem Gefängnis bewahrt, indem er die Buß- und vor allem die Schmiergelder gezahlt hat. Insgesamt fast 2000 Euro!!!

Das Innere Ich schüttelt immernoch fassungslos den Kopf: „Aber warum hat die Frau das eigentlich gemacht?"

Tja, das weiß Keiner... Vielleicht aus purem Neid, weil Amul einen tollen Job hatte? Vielleicht steckt sie mit der Polizei auch unter einer Decke und bekommt von den Schmiergeldern was ab. Immerhin war die Summe an Schmiergeldern höher, als die eigentliche Geldbuße...

Einige Monate später kam heraus, dass die Dame Jeden wegen der kleinsten Lapalie anzeigt und dann einen immensen Shit-Storm in den „sozialen" Medien lostritt... Da liegt der Verdacht nach einem System dahinter schon irgendwie nahe.

Das Ende vom Lied war, dass Amul nicht mehr für uns arbeiten durfte und das Auto von einem Priester in einer Zeremonie von der Sünde gereinigt werden musste....

Totgeglaubte leben länger!

Unsere Zeit in Indien ist nun fast vorbei und nun sollte ich mein hiesiges Bankkonto auflösen. Aber hier muss ich ein wenig früher anfangen:

Im Januar bekam ich von meiner Bank eine neue EC-Karte. Diese funktionierte aber nicht. Also gab ich sie zurück und bekam nochmal eine Neue. Die funktionierte aber auch nicht! Während dieser Zeit hatte ich Michels indische Bank-Karte im Portemonnaie und habe einfach weiterhin damit bezahlt oder Geld geholt und mein Konto einfach Konto sein lassen.

Das hat auch 9 Monate prima funktioniert.

Jetzt sitze ich also in der Bank und möchte mein Konto auflösen. Mir gegenüber eine freundliche Bankangestellte vor ihrem Computer. Meine Freundin Erni ist auch mit dabei, zu Zweit versteht man das indische Englisch in der Regel besser...

Die Bankangestellte: „Madam, Sie haben noch 27.000 Rupien auf Ihrem Konto." (das sind 330 Euro)

Ich antwortete: „Dann können Sie mir das ja eben auszahlen."

Sie: „Nein, das geht nicht, Sie können es mit Ihrer Karte am Automaten abheben."

Ich: „Nein, die Karte funktioniert nicht. Warum können Sie mir das nicht auszahlen?"

Sie: „Ihr Konto ist gesperrt. Sie haben über ein halbes Jahr keinerlei Kontobewegung gehabt und unser Computer-System geht in einem solchen Fall davon aus, dass Sie verstorben sind."

(Das Innere Ich, welches bis dahin gemütlich in einer Hängematte vor sich hin gedöst hat, ist mit einem Ruck hellwach und fällt fast aus der Schaukel.)

Erni neben mir schaut, als hätte sie sich verhört.

„Wie bitte?" Frage ich etwas dümmlich.

„I am sorry, Madam, but my Computer say: You are gone." Wiederholt die Dame.

Ich schiebe ihr langsam meinen geöffneten Reisepass hin und sage: „Ich kann beweisen, dass ich noch einigermaßen lebendig bin und tatsächlich ganz echt hier vor Ihnen sitze. Also bitte, nehmen Sie die Sperre von meinem Konto und zahlen Sie mir das Geld aus."

(Das Innere Ich hat zerrissene Zombie-Klamotten an und wankt in einem zähen Nebel über einen dunklen Friedhof, den nur der Vollmond in milchiges,gruseliges Licht taucht. Eine Eule ruft und irgendwo knackt ein Ast...)

Die Dame hätte mir sicherlich gerne geholfen, zuckt aber nur entschuldigend die Achseln: „Es tut mir Leid, die Sperrung aufzuheben dauert vier Tage."

Ich seufze: „Also gut, dann komme ich in vier Tagen nochmal wieder und dann können Sie mir das auszahlen und wir das Konto auflösen."

Der Dame ist es sichtlich peinlich: „Nein, wir können zwar die Sperre aufheben aber auszahlen dürfen wir es Ihnen nicht, weil Sie im System weiterhin als verstorben geführt werden und wir Toten kein Geld auszahlen dürfen."

Ich klimpere ein paarmal mit den Augendeckeln und bin sprachlos, während das Innere Ich sich vor Lachen nicht mehr einkriegt...

Dann erhellt sich das Gesicht der Bankangestellten plötzlich: „Aber wir können das Geld ja auf das Konto Ihres Mannes buchen, wenn die Sperrung aufgehoben ist. Der ist doch erbberechtigt!"

Ich schaue Erni an und bemerke, wie sie nur sehr mühsam einen Lachanfall beherrschen kann...

Und so kam es, dass Michel mich beerben konnte und trotzdem nicht unter dem Verlust seiner Frau leiden muss!

Wie heißt es doch so schön: Totgeglaubte leben länger!!!

Farewell-Party

Eine letzte Party in Bangalore! Ein letztes Mal die große Oktoberfest-Dekoration installieren. Ein letztes Mal Gäste bewirten. Und natürlich wussten alle Gäste, dass es die letzte Party ist und, dass wir keine Getränke mit in den Umzug nehmen können.

(Das Innere Ich trägt zur Lederhose ein Dirndl-Oberteil mit mächtig Holz vor der Hütte, weil es sich nicht entscheiden kann, ob es Männchen oder Weibchen sein möchte)

Die Gäste kommen, freuen sich über die Deko, das Buffet und die Blasmusik aus den Lautsprechern und überreichen uns freudig – Wein- und Sektflaschen...

Nun gut, es hat ja auch noch nie geklappt, dass die Leute zu einer Farewell-Party keine Flaschen mitbringen...

Witzig war das Abschiedsgeschenk von Freunden: Ein richtig schöner, indischer Kugelschreiber für unser nächstes Klobuch. Tolle Idee, fanden wir und wollten ihn an diesem Abend direkt einweihen, ist doch eine schöne Erinnerung an die Abschiedsparty!

Tja, leider nur ein kurzer Spaß, es stellte sich nämlich raus, dass er gar nicht schreibt. Kaputt. Das ist so typisch Indien!!! Die Freunde, die uns das geschenkt haben, denen war es natürlich super peinlich. Jetzt muss ich in den letzten Tagen da nochmal schauen, dass ich da eine funktionierende Miene einsetzen kann... Man muss eben alles und Jeden kontrollieren.

Der Umzug nach Mexiko

Nun ist es also soweit. Die Umzugsfirma ist da um unsere Sachen von Indien in das nächste Land, Mexiko, zu transportieren.

Die Packer machen gute Arbeit und der Chef-Packer mit der Liste in der Hand kontrolliert akribisch, was in die Boxen darf und was nicht!

Zum Beispiel zwei Packungen Teelichter und eine Packung mit sechs Stabkerzen. Die dürfen nicht mit rein.

"Warum?" frage ich, denn die Kerzen waren im Umzug noch nie ein Problem.   Er: "It`s not allowed, Madam, because it can explore." Ah! Teelichter und Stabkerzen können also explodieren... Ja, klar.

(Das Innere Ich steckt sofort eine Lunte in eine Stabkerze, stellt sie auf einen freien Platz und zündet sie an. Steil nach oben pfeift das bisher so unscheinbare Wohlfühl-Accessoire und verpufft in einem gewaltigen Glitzer-Regen)

Das Kerzen schmelzen könnten, wenn es im Container zu heiß wird - ja. Gibt dann eine Sauerei und ich kann sie nicht mehr benutzen. Ja, stimme ich zu. Aber explodieren???

Vielleicht hat er mal einen Film gesehen, in dem beschrieben wird: Wenn man viele Teelichter dicht aneinander abbrennt, dann gibt das eine ziemlich große Stichflamme. Das stimmt. Sollte man nicht tun.

Aber die entzünden sich ja nun nicht selbstständig, dafür hat Kerzenwachs einen viel zu hohen Siedepunkt. Dazu müsste es im Container schon Temperaturen von ungefähr 160 Grad minimum haben. Unwahrscheinlich... Dann wäre eh alles darin kaputt. Darum habe ich die Kerzen heimlich beim Packen mit in die Kisten gemacht, als Cheffe mal nicht hingeschaut hat. Natürlich in einer Tüte. Falls sie schmelzen, dann tu ich halt die Tüte in den mexikanischen Müll...

Nächstes Problem: Ein alter Laptop sollte mit. Geht nicht, weil da Teile drin verbaut sein KÖNNTEN, die ebenfalls explodieren können.

Aha, Aber Flachbild-Fernseher und viele andere elektrische Geräte dürfen mit... Da der Laptop seit zwei Jahren nicht benutzt wurde und da in den Akkus mit Sicherheit keine Ladung mehr drin ist, habe ich den auch reingeschmuggelt.

(Das Innere Ich tippt mir auf die Schulter: „Ab wann ist das eigentlich kriminell, was du da machst?" – Ich ignoriere diesen Einwand und mache weiter.)

Weiter ging es mit einer Handvoll Kugelschreibern! Die konnten nicht mit, weil in ihnen "Flüssigkeit" ist. Und Flüssigkeiten sind natürlich verboten! (Auch diese sind meiner krimminellen Energie zum Opfer gefallen und nun doch in den Umzugskartons...

(Immer, wenn "Chef" nicht hingeguckt hat und auch kein Anderer, habe ich eine laszive Bewegung in den Karton gemacht und - zack - war etwas versteckt!)

Mittags sagte der Chef dann: "Madam, for lunch you can give us food. At 1 pm." Kein: "Bitte, würden Sie uns was zu Essen geben?" - Sondern ein schlichter Befehl, das zu tun. Da mein Mann nämlich erst am Montag wieder da ist, habe ich den Umzug allein an der Backe. Und da ich nur eine Frau bin, wird von mir nicht erbeten, sondern verlangt, dass ich ihnen Getränke und auch das Mittagessen bereit stelle. Und zwar auf meine Kosten!

Und, weil ich über sowas inzwischen innerlich lachen kann, habe ich ihnen natürlich aus dem nächstbesten Restaurant was gebracht. Kochen konnte ich nicht, weil die Küche ja eingepackt wurde. Natürlich weiß ich, dass ich dazu gar nicht verpflichtet bin, denn eigentlich müssen die sich selber versorgen.

Aber ich weiß auch, dass sie schneller arbeiten, wenn ich ihre Wünsche erfülle, denn dann bin ich eine "gute" Frau.

 Es kam - natürlich nicht - auch kein: "Danke, für das tolle Mittagessen aus einem Restaurant, das wir uns niemals hätten leisten können!"

Aber immerhin habe ich sichergestellt, dass sie einen guten Job machen. Und wenn ich einen Fake-Anruf bei "Sir" (also meinem Mann) mache und dann sage, ER möchte die mittlere Etage des Hauses heute fertig eingepackt haben, dann geht es auf einmal viel schneller! Und dann hören sie erst auf, wenn die Arbeit erledigt ist. Obwohl man ihnen am Vormittag beim Gehen die Schuhe hätte besohlen können.

Ich muss also etwas gewievt sein und Sir und Madam in Einem - dann läufts! Befehle von "Sir" und Bedienung von "Madam" - geht doch!!! Ziel erreicht!

Das Innere Ich sitzt beinebaumelnd auf dem Geländer der Galerie und seufzt: „Es gibt Dinge, die werde ich einfach nicht vermissen!"

Frau, du bist nichts Wert!

Wir leben jetzt seit fast vier Jahren in Indien. In einer Stadt, die technisch ganz weit vorne ist. Die wirtschaftlich in der globalen Welt mitspielt. Aber bei allem technischen Fortschritt sind die sozialen Gedanken irgendwie auf der Strecke geblieben.

In unserer westlichen, liberalen und emanzipierten Welt ist uns der Gedanke abstrus, dass Frauen weniger Wert sind als Männer. Hier in Indien zu leben und täglich in ganz kleinen oder aber auch in deutlich großen Situationen zu erfahren, wie man sich als Frau fühlt, die eben nicht gleichberechtigt im Alltag ist – das muss man schon aushalten können.

Das Innere Ich hat einen schwarzen Anzug an und einen Zylinder auf dem Kopf. Es sitzt in einem breiten Ledersessel und in seinem Mundwinkel glimmt ein Zigarrenstummel. Es lässt langsam die Zeitung sinken und schaut auf, ein Monokel sitzt auf einem Auge. Während es einen Rauchring in die Luft entlässt sagt es: „Vielleicht solltest du es an Beispielen verdeutlichen und dann kann sich jede Leserin überlegen, wie sie mit diesen Situationen umgehen würde."

Also gut, hier ein paar Beispiele:

Michel und ich betreten einen Fahrstuhl in einem 5 Sterne Hotel. Ein Inder, ca. 40 Jahre alt begrüßt meinen Mann fröhlich: „Good morning, Sir! Happy Diwali! How are you?" Es entspinnt sich ein kurzer Smalltalk zwischen den Männern, es wird sich freundlich verbal abgetastet „Woher kommst du, was machst du, gefällt es dir in Indien...". Mann pflegt die soziale Basis des Zusammenlebens bis die Fahrstuhltür aufgeht und sich die Wege trennen.

Während dieser ganzen Zeit hat der Inder mich weder angeschaut, noch ein einziges Wort an mich gerichtet. Weder gegrüßt, nicht mal mit einem Nicken, noch eine Geste zur Verabschiedung. Ich war schlichtweg nicht anwesend. Und das ist völlig normal.

Des lieben Friedens wegen hatte ich beim Eintreten in den Fahrstuhl dem Inneren Ich vorsorglich einen Knebel in den vorlauten Rachen gesteckt – und das war gut so!!!

Des Öfteren vorgekommen: Ich stehe im Supermarkt an der Kasse und warte darauf, dass ich meine Waren auf das Band legen kann. Da kommt ein Mann mit seinem Einkaufswagen, zieht meinen Wagen zurück, überholt und legt vor mir seine Sachen auf. Und zwar ohne einen Kommentar...

Beim ersten Mal habe ich mich empört und gefragt, was das denn soll?! Und bekam von allen Anwesenden völliges Unverständnis und Achselzucken zurück. Nach dem Motto:„Lass ihn halt vor, das ist ein Mann."

Das ist mir in den vier Jahren zwei- dreimal so ergangen, ich habe es dann einfach hingenommen, weil mir die Konfrontation zu doof war.

Am Anfang unserer Zeit in Indien brauchte ich im Haus öfter mal Handwerker. Und es gibt einen Manager im Compount, der das organisiert. Also rief ich ihn an – er nahm aber den Hörer nicht ab. Warum? Weil es unter seiner Würde ist, mit einer Frau zu sprechen! Ich musste also meinen Mann anrufen, der musste ihn anrufen und nach 10 Minuten stand der Handwerker vor der Tür. (Das Innere Ich hat eine 50er Jahre Frisur und sitzt als Fräulein vom Amt vor den Telefon-Steckverbindungen)

Die letzten vier Wochen in Indien hatten wir einen neuen Fahrer. Das erste Mal, als er mich daheim abholen sollte, schrieb ich ihm am Abend vorher eine sms: „Bitte holen Sie mich morgen früh um 11 Uhr ab."

Keine Antwort.

Also rief ich ihn am nächsten Morgen gegen 10 Uhr an, ob er meine Nachricht bekommen und auf dem Weg sei. Denn er hatte Michel ja in der Früh zur Arbeit gefahren und stand vor der Firma auf dem Parkplatz.

Nein, sagte er, er wäre noch vor der Firma und ja, er hätte die Nachricht erhalten.

„Und warum sind Sie nicht auf dem Weg?" Fragte ich einigermaßen irritiert.

„Ihr Mann hat nicht bestätigt, dass ich Sie abholen darf." Erwiderte er.

(Das Innere Ich verschluckte sich an der Lakritz-Schnecke.)

Also musste Michel ihn anrufen und bestätigen, dass er mich abholen DARF!

Bei seiner Ankunft gab es dann mal ein ernsthaftes Gespräch und die Klarstellung:

„Sobald Sie meinen Mann an der Firma abgesetzt haben, bin ICH der Boss. Und zwar so lange, bis Sie meinen Mann wieder abholen. Und wenn das nicht absolut klar ist, dann werde ich Sie entlassen." Sein Blick war erst erstaunt, dann irritiert und dann fast belustigt. Also habe ich meinen Mann gebeten, meine Aussage ebenfalls zu bestätigen und ab diesem Moment war ihm wohl klar, dass es für seine Karriere förderlicher wäre, meinen Wünschen Folge zu leisten...

Es sind viele kleine Situationen, die man meist gar nicht richtig wahrnimmt, weil es einfach so oft und so selbstverständlich von allen gelebt wird. Und es gibt sicherlich Frauen hier, die mitunter andere Erfahrungen gemacht haben.

Ich stehe in der Post und möchte ein Päckchen aufgeben. Aber der Mann neben mir wird eher bedient – obwohl ich viel länger anstehe.

Ich möchte mit einem Tuck-Tuck nach Hause fahren, weil die Einkaufstaschen so schwer sind. Neben mir kommt ein Mann an den Tuck-Tuck-Stand, wer bekommt wohl das erste Gefährt?!

Wenn ich mit Michel im Restaurant sitze und frage nach der Rechnung, würde der Kellner nie im Leben auf den Gedanken kommen, mir die Rechnung zu bringen, sondern legt sie völlig selbstverständlich meinem Mann vor.

Wir checken aus dem Hotel aus und meinem Mann werden die Koffer abgenommen – mir nicht...

Das Innere Ich nimmt den Monokel vom Auge und fragt etwas ungeduldig: „Und warum erzählst du das eigentlich so lang und breit?"

Weil ich hier und jetzt einfach mal aus vollem Herzen allen Menschen danken möchte, die mit Leidenschaft und Einsatz vor vielen Jahren die Gleichberechtigung und den Respekt im Miteinander von Mann und Frau herbei geführt haben! Jetzt, wo ich selbst vier Jahre im Alltag miterlebt habe, wie es ist, wenn Emanzipation nicht wirklich eine Rolle spielt, bin ich unermesslich dankbar, dass es Menschen gab und gibt, die dafür kämpfen und gekämpft haben!

DANKE

Taj Mahal

So, jetzt haben wir es kurz vor unserem Auszug doch noch geschafft! Mit Freunden aus Österreich haben wir eine Rundreise im „Goldenen Dreieck" gemacht. Los geht es in Neu Delhi.

Das Innere Ich sitzt auf dem Autodach und bemerkt verwundert: „Die fahren alle so ruhig! Kaum Hupen und uns kommt keiner auf unserer Fahrbahn entgegen!"

Tatsächlich, unseren Freunden fällt es auch auf. Und es ist auch sauberer, als in Bangalore! Das war unerwartet.

Wir haben einen Guide gebucht, der uns die Sehenswürdigkeiten erklärt. Auf Deutsch! Ausgebildet vom Goethe-Institut. Was es alles gibt!

Interessant, was er uns alles über Qutub Minar erzählt hat. Qutub Minar ist mit 72,5 Metern der höchste Turm in Indien. Sieht schon gewaltig aus, wenn man davor steht.

Das Innere Ich kratzt sich an der Nase und sagt: „Das ist doch sowas von typisch: Da kommt ein `Eroberer` und statt sich erst mal um die Menschen und die Wirtschaft zu kümmern, baut er sich ein Denkmal. Nicht irgendwas Schönes – nein! Es muss ein Turm sein! Etwas, was als Phallus-Symbol 72 Meter nach oben stösst..."

Nunja – da hat es wohl irgendwie Recht...

Nach Delhi geht es nach Agra. Und hier heißt es früh ins Bett gehen, denn es geht bereits um 5 Uhr früh los zum Taj Mahal. Weil diese Sehenswürdigkeit tagsüber von den Touristen sowas von überrannt wird, sollte man ganz früh dort sein. Und den Sonnenaufgang miterleben.

„Ich finde ja, dass Sonnenaufgänge in der Regel sowas von überschätzt werden!" Kräht das Innere Ich, denn es haßt frühes Aufstehen!

Na gut. Noch etwas träge am Morgen zum Aushängeschild Indiens. Es dämmert gerade, als wir ankommen. Und tatsächlich: Nur ein paar verstreute Touristen zwischen den vielen Affen und Verkäufern. Unser Guide spricht sogar noch besser deutsch, als der in Delhi und erklärt viel über das Bauwerk.

Das Innere Ich tippt mich an: „Guck mal, die Leute stehen Schlange, um ein Bild von sich zu machen auf der Bank, auf der Lady Diana gesessen hat."

Stimmt, ich erinnere mich an das bekannte Foto mit ihr vor dem Taj Mahal. Unser Guide sieht es auch und erklärt mit einem breiten Grinsen: „Jaja, das Bild kennt jeder. Aber es ist die falsche Bank, Lady Diana hat auf der zweiten Bank da hinten gesessen... Auf dieser standen nur die Fotografen."

Witzig...

Das Innere Ich schaut nachdenklich auf das imposante Grabmal.„Ist dir schon mal aufgefallen, dass sich um die meisten größenwahnsinnigen Bauwerke irgendwelche romantischen Geschichten ranken?"

„Du meinst in diesem Fall den Shah Jahan, der so unsterblich verliebt war in seine Frau, dass er ihr dieses Mausoleum bauen ließ und es billigend in Kauf nahm, dass sein Volk dafür hungern musste?"

Es nickt, während es die Blumen, Ranken und Ornamente anschaut, die kunstvoll aus verschiedenfarbigen Halbedelsteinen als Intarsien in den weißen Marmor gearbeitet sind.

„Dabei war sie nur eine von vielen Ehefrauen." Bemerkt es.

Ich mag allerdings die romantische Vorstellung von dieser großen Liebe und erwidere: „Ich denke, dass er keine andere Frau so geliebt hat und umgekehrt."

Das Innere Ich kneift die Augen zusammen und sagt spitz: „Klar, wenn ich kurz nach der Geburt als Frau schon verlobt werde und ihm später als Gebärmaschine dienen muss und 14 (!) Kinder aus meinem Leib presse, dann bin ich überzeugt, dass es eine ganz, ganz große Liebe gewesen sein muss!"

Ich wende mich ab: „Naja, zumindest ist er ja daran gehindert worden, ein zweites Taj Mahal aus schwarzem Marmor für sich auf die andere Flusseite zu bauen. Als die Pläne rauskamen, haben sie ihn abgesetzt, eingesperrt und nach und nach vergiftet."

Während Michel und meine Freundin Erni mit der Kamera in der Hand herum laufen und jeden Stein zweimal fotografieren, gehen oder sitzen ihr Mann und ich geduldig mit dem Guide und warten auf sie. Nach der Besichtigung des Innenraumes will uns der Guide dann noch ganz besonders toll ablichten: Er fotografiert uns durch den Durchbruch eines Ornamentes hindurch. Wir stehen alle vier nebeneinander. Beim Sichten des Bildes stellt sich allerdings heraus, dass er nur Stephan und mich geknipst hat und zwar durch ein herzförmiges Ornament, welches wie ein Weichzeichner wirkt! Was haben wir gelacht!

Dadurch, dass unsere Ehepartner die ganze Zeit nach Bildern jagten, dachte der Guide eben, wir wären ein Paar... So schnell entstehen Missverständnisse!!!

Feuerwerk mit Geruch

Heute ist der Hauptfeiertag von Diwali. Vergleichbar bei uns mit Weihnachten und Sylvester zusammen. Man glaubt nicht, was die hier an Feuerwerk in die Luft schießen!!!

Die indische Familie spart ein halbes Jahr darauf und verpestet die Umwelt, damit es wenigstens knallt und leuchtet, wenn der Smog zunimmt und das Grundwasser verseucht wird.

Dann können die Familien die nächsten Monate nicht mehr fürs Essen einkaufen und sind verschuldet bis über die Hutschnur! Aber, hey, Hauptsache man macht für zwei Sekunden bunte Lichter am Himmel!!!

Ich schaue mir das vom Hotelbalkon an und denke: „Die spinnen, die Inder!"

In den letzten 4 Jahren habe ich gelernt, dass die Inder im Heute leben. Viele denken nicht daran, wie sie den Rest des Jahres noch schaffen müssen. Pleite? - Egal! Wird schon irgendwie gehen. Aber um das „irgendwie" kümmert man sich erst, wenn das Wasser bis zum Hals steht.

Fällt man in Armut - dann ist das eben Schicksal. Sollen sich doch die Generationen nach uns den Buckel krumm machen! Nach dem Motto: Das war das Schicksal, dagegen sind wir machtlos!

Mit dem Hinduismus oder dem Buddhismus hat das nichts zu tun. Sondern eher mit der Unfähigkeit, weiter als bis übermorgen zu planen. In den Tempeln hier, wo die kleinen Leute hingehen, predigt und denkt man „einfach".

Das Innere Ich steht an einem Marktstand, der kunterbunt angemalt ist und ruft aufmerksamkeit-heischend die Käufer herbei.

„Was wird das?" Frage ich und das Innere Ich macht lautstark Werbung: „Kommt her, Leute! Hier gibt es das Neueste an Feuerwerk! Vorbei die Zeiten, wo es in den Diwali-Nächten nach Schwefel stinkt! Hier kauft ihr Feuerwerk mit Duft! Rosen, Zimt, Vanille, Schoko! Was ihr wollt! Umgebt euch mit eurem Lieblingsduft, indem ihr sie in den Nachthimmel abfeuert!"

Ich muss lachen: „Feuerwerk mit Geruch?"

Das Innere Ich ist beleidigt: „Warum denn nicht? Feuerwerk ist generell großer Quatsch – warum dann nicht noch einen draufsetzen? Und glaub mir, die Leute würden es massenhaft kaufen!!! Einfach, weil es neu ist. Und der Nachbar es vielleicht nicht hat..."

Tja – da könnte es Recht haben...

Danke!

Allen Menschen, die uns diese vier Jahre in Indien begleitet und unterstützt haben. Sei es durch ihre Freundschaft vor Ort, Besuche oder von Deutschland aus. Ohne euch wäre das Leben nur halb so bunt!